pǔtōnghuà chángyòng kǒuyǔcí

普通話
常用
口語詞

劉慧　李黃萍　張翼
李春紅　李賽璐　羅丹丹　編

序言

　　香港回歸二十五年，變化很大。高樓大廈鱗次櫛比，擴路建橋路路暢通。看城市外景，比回歸前，更像一個世界級的大都會。作為全球的金融中心、物流中心、旅遊中心、購物中心，香港提供給大家更好的現代化服務。在粵港澳大灣區的城市裏，香港是璀璨的東方明珠，舉足輕重。享譽世界的「獅子山精神」在香港人中代代相傳。

　　還有一個很大的變化，很多人都注意到了，就是在香港的語言生活中，普通話的迅速流通。內地朋友來香港購物，覺得如沐春風。進到商店裏面，售貨員一聽口音，馬上用普通話前來招呼，買賣沒有了障礙。走去乘車，巴士上，地鐵裏，都用三種語言報站，普通話、粵語、英語都有，再不怕乘錯車下錯站。更不用說的士司機、酒店服務員了。內地朋友都誇香港人的普通話進步得很快，他們有了賓至如歸的感覺。

　　的確，香港人了不起！我們看看香港統計處發佈的關於香港人口統計的簡要報告（2021年），就可以更清楚了。原來，香港5歲以上的人口，已經有54.2%的人會說普通話了，這比十年前增加了10%以上。超過一半人可以說普通話，這是個不小的比例。香港人努力學習的精神，還可以從

一個普通話測試裏看到。國家級普通話水平測試從 1996 年在香港生根，也有 26 年歷史了。在香港的大學都有測試中心，共計有 14 個測試點，一年四季給市民提供培訓和測試的服務。至今已有近 14 萬人次參加國家級測試，大部分應試者取得合格以上的資格，而且，應試者的水平逐年提高。這個測試可以說是香港推普中的一道亮麗的風景線。

隨著香港人普通話水平不斷提高的局面，我遇到很多香港朋友，他們越來越不滿足已有的普通話水平，常自謙地說，「我的普通話普普通通」，他們希望自己能說得不「普普通通」，能說得更流利更地道一些。特別是他們在電視上看到一些外國朋友在用標準的普通話侃侃而談，有的還在說相聲，說得跟北京人一樣，真羨慕得不得了。

那學習普通話有甚麼訣竅呢？其實一蹴而就的訣竅是沒有的，靠的是勤學苦練。一是要糾正自己的發音，特別是聲調，聲調準了，就像唱歌入調了，整體聽起來讓人覺得舒服。我常說，聲調是普通話的「靈魂」。普通話一共有 400 多個音節，加上聲調，才 1300 多個音節，熟讀音節表是基本功。二是增加自己的口語詞彙和句式。看普粵對比，語音差異最大，其次就是詞彙，特別是口語詞彙。如果普通話的口語詞彙數量掌握得不夠，聽和說都會受到影響。我們常常聽到香港朋友說，他們和內地朋友交流有時是聽不明白一些詞語，並不都是語音問題。

如何積累和擴大學習者的普通話口語詞彙量，這是在普通話教學實踐中迫切需要解決的問題，也是眾多的學習者關注的問題。現在，香港三聯書店出版這本《普通話常用口語詞》，就可以作為一個好幫手，來幫助大家解決這個難題。

《普通話常用口語詞》由香港六位分別在三所大學任教的資深普通話教師編寫，香港恒生大學劉慧老師牽頭，團隊包括李黃萍老師（香港教育大學）、李春紅老師（香港恒生大學）、張翼老師（香港理工大學）、李賽璐老師（香港恒生大學）、羅丹丹老師（香港恒生大學，兼任本書插圖）。關於普通話口語詞的教學，他們在長期的教學工作裏，經歷了發現問題、提出問題、又一起討論解決問題的過程，費時多年，編寫出這本十分實用的《普通話常用口語詞》。他們從規範的《現代漢語詞典》第 7 版中，挑選並增補了大家常用的口語詞共計 600 多個，數量已經足夠多。如果你能夠掌握這些口語詞，你的普通話表達就很不一般了。

　　每個詞條下面，不僅有釋義，還有豐富的例句，給學習者提供了使用詞語的語境。在有些普通話口語詞下面，還提供粵語常用的口語詞，好讓學習者作對比，令人更容易理解普通話口語詞的含義。例如，普通話說「掐頭去尾」，粵語說「斬頭截尾」，「掐」和「斬」對應，「去」和「截」對應，都是動詞。普通話說「睜一隻眼，閉一隻眼」，粵語說「隻眼開隻眼閉」，這是語序不同，普通話是動賓結構，粵語是主謂結構。此外，我們還看到，普通話的名詞前面要搭配合適的數量詞：「一隻眼」；而粵語則可以省略數詞：「隻眼」。這些口語詞的普粵對比，大家比較容易掌握。

　　有些口語詞的構成，普通話和粵語是從不同的角度來反映的。普通話說「捲鋪蓋」，粵語說「執包袱」，其實都是被解僱的意思。我們看舊時的電影就知道，那時出去打工要自帶鋪蓋，被褥捲成一捲；衣物就用一塊布做包袱皮，包成一個包袱，沒有箱子。如果被解僱，就要捲鋪蓋，收拾包袱，

自己帶走。「捲鋪蓋」和「執包袱」說的是一回事。改革開放以來又產生了一個同義的新詞:「炒魷魚」。大概因為時代的進步,出來打工不用自帶鋪蓋了,衣物也都放在箱子裏,舊詞不太好用了。《現代漢語詞典》第 7 版收了「炒魷魚」一詞,釋義為:「魷魚一炒就捲起來,像是捲鋪蓋,借指解僱。」

還有,兩地社會生活的背景不同,人文歷史、地理環境、氣候條件的差異,都會形成詞彙的差異。例如,普通話說「過了這個村就沒這個店」,粵語說「蘇州過後冇艇搭」,這是因為北方多陸路,南方多水路的關係。當然,也不是所有的普通話口語詞都會有對應的粵語詞,甲地有乙地無的情況時常出現。普通話常用的「按下葫蘆浮起瓢」「哪壺不開提哪壺」「針尖對麥芒」,這些說法粵語便沒有對應的固定詞語,學習者要特別注意。

由上面所舉的一些例子,我們看這本《普通話常用口語詞》,不僅學習了普通話和粵語的生動的口語詞,還可以學到很多語言文化知識,豐富了我們的表達,提高了我們的文化水平。因此,我誠摯地向讀者推薦這本有知識有趣味的圖文並茂的《普通話常用口語詞》,教學者和學習者都可以各取所需。希望大家喜歡,從中得益。

田小琳

2022 年 5 月於香港

凡例

一、收詞範圍

本書所參照《現代漢語詞典》第 7 版，收錄常用口語詞、詞組、慣用語及少量標〈方〉常用口語詞及網絡流行常用口語詞等條目約 600 餘條（包括延伸詞語）。

二、條目排列

1. 詞條按首字的拼音字母次序排列。

2. 部分詞條以詞根歸類，如：「招兒」詞條下收錄常用口語詞「高招兒」「絕招兒」「支招兒」。

三、注音

1. 詞條後一律用漢語拼音字母注音，注音方法一般遵照《漢語拼音正詞法基本規則》。

2. 輕聲字注音不標調號。一般輕讀也有重讀的字，注音上標調號，注音前加圓點，如：「家當」jiā·dàng，表示「家當」的「當」字一般輕讀，有時候也可以讀去聲。

3. 本書必讀兒化音的詞條在後面加「r」，如：「有門兒 yǒuménr」不標語音上的音變讀音。非必讀兒化詞，只在詞條後面以（兒）示意，拼音不標兒化。

4. 本書詞條注音都標原調不標注變調。如：「小菜一碟 xiǎocài-yīdié」。

四、釋義

1. 參照《現代漢語詞典》第 7 版撰寫詞義。若原義簡單易明則不列出，只寫明引申義。如：「牛」只列出引申義「本領大，實力強」。

2. 釋義多於一個時，近義用分號「；」隔開；多義用數字「1.2.3.」排列。

3. 詞義相近或相反的詞條放在同一詞條內。如：「趕趟兒」「趕不上趟兒」。

五、例句

1. 有正反義的詞條，如：「犯不上」「犯得上」會分別給出例句。

2. 非必讀兒化詞，如：「來事（兒）」，本書所提供的例句均不加「兒」，但讀者可以依據自身口語習慣讀成兒化音。

六、粵方言對應詞的選用

1. 為部分普通話口語詞提供了對應的粵方言口語詞，如：「過了這個村就沒這個店」對應「蘇州過後冇艇搭」。

2. 部分例句提供了粵語對應詞彙，與普通話詞義不能完全相符的粵語對應詞彙將不提供。

七、錄音

本書附贈 MP3 錄音，請掃描右側二維碼或登錄網站：
http://jpchinese.org/download/mandarin。
亦可掃描正文 A-Z 字頭的二維碼進入錄音頁面。

掃碼聽錄音

音序索引

筆畫索引

掃碼聽錄音

挨邊（兒）āibiān 1

接近或靠著邊緣；接近事實或事物應有的樣子。

例 ① 自駕遊路況不熟，車多的時候我只敢挨邊開。

② 把人家二十幾歲的小夥子叫成大叔，你也太不挨邊了吧。

挨個兒 āigèr 2

逐一；一個接一個地；順次。

例 ① 小朋友們排好隊，挨個兒過來領蘋果。 粵逐個

② 這串鑰匙不知道是誰的，他挨個兒問了同事一遍。

粵逐個

矮半截兒 ǎi bànjiér 3

相比之下低很多,多用在身份、地位、技能等方面。

例 ① 咱們公司規模雖小,但技術研發方面不比大公司矮半截兒。

② 同事大多是名牌大學畢業的,他這個普通大學的畢業生總覺得比別人矮半截兒。

愛搭不理 àidā-bùlǐ 也作「愛答不理」 4

對人冷淡、怠慢。

例 ① 看到他那副愛搭不理的樣子,我就知道他的氣還沒消。
粵 唔瞅唔睬

② 這家店的售貨員服務態度很差,對顧客的詢問愛答不理的。 粵 唔瞅唔睬

按下葫蘆浮起瓢 àn xià húlu fú qǐ piáo 5

顧得了這邊顧不了那邊,無法使事情得到圓滿解決。

例 ① 部門裏的問題太多了,按下葫蘆浮起瓢,處理起來肯定有難度。

② 照顧雙胞胎太累了,這個還沒哄睡著,那個又在哇哇大哭,真是按下葫蘆浮起瓢。

掃碼聽錄音

八輩子 bābèizi 6

很長的時間或很深的程度。

例 ① 娶到這麼賢慧的老婆，真是他八輩子修來的福分。

② 拐賣兒童的人販子真是缺了八輩子的德，這樣傷天害理的事情也幹得出來。

八竿子打不著 bā gānzi dǎ bù zháo 7

兩者之間關係疏遠或毫無關聯。

例 ① 你想修雙學位，但航天科技和農業栽培這兩個專業八竿子打不著，你怎麼修啊？ 粵 大纜都扯唔埋

② 表嫂的舅媽是和咱家八竿子打不著的親戚，我怎麼會認識？ 粵 大纜都扯唔埋

八九不離十 bā jiǔ bù lí shí 8

事情接近實際情況，或差不多接近完成。

例 ① 這件事八九不離十是他做的。

② 上上下下忙了幾天，年會籌備得八九不離十了。

粵 七七八八

八字沒一撇 bā zì méi yī piě 9

事情還沒有眉目。

例 ① 剛見了幾次面，八字沒一撇呢，爸媽就催著談婚論嫁了。 粵十畫未有一撇

② 您這是從哪兒聽來的小道消息？八字沒一撇的事您也跟著摻和？ 粵十畫未有一撇

巴不得 bābu‧dé 10

迫切盼望。

例 ① 老父親巴不得我早點兒退休，就可以天天在家陪著他了。

② 出差已經一個月了，小耿巴不得工作一結束就趕緊飛回家。

拔尖兒 bájiānr 11

1. 出眾；超出一般。

例 曉華的英文成績在班上是拔尖兒的。 粵標青

2. 爭強好勝。

例 他能力強，遇事愛拔尖兒。

把門（兒）bǎmén 12

1. 守門，常用來指守門人。

例 我現在不在家，你跟把門的保安說一聲，先幫我收一下
快遞。

2. 口風（不）嚴謹。

例 你怎麼嘴上沒個把門的，內部消息也隨便往外說。

把式 bǎshi 也作「把勢」 13

武術或練武術的人；掌握某種技術或精於技能的人。

例 ① 駕駛學院的趙師傅是教車的好把式，找他學車的人
最多。

② 「光說不練假把式」，別說那麼多漂亮話，得讓人看到
成效才行啊！

白搭 báidā 14

沒有用處；不起作用；白費力氣。

例 ① 他創業失敗，投進去的錢都白搭了。

② 車已經開走了，你著急也是白搭，咱們還是另想辦法
吧。粵嘥氣

白眼兒狼 báiyǎnrláng 　　　**15**

忘恩負義的人。

例 ① 奶奶含辛茹苦帶大的孫子，大學畢業以後對老人不聞不問，真是隻白眼兒狼！

　 ② 陳老師栽培這位學生花了不少心血，可他卻到處説老師的不是，這種白眼兒狼真讓人唾棄。 粵反骨仔

百十 bǎishí 　　　**16**

一百左右。

例 這件衣服才百十來塊錢，質量還真不錯。 粵百零（蚊）

相關口語詞

百兒八十 bǎi·er·bāshí

一百或比一百少。

例 在一線大城市下館子吃個午餐，都要百兒八十的。

幫子 bāngzi 　　　**17**

1. 物體的兩側或周圍部分。

例 ① 他不小心踩到泥裏了，鞋幫子都髒了。

　 ② 天氣很冷，孩子的腮幫子凍得通紅。

2. 葉菜的莖部。

例 我愛吃菜葉子，不愛吃菜幫子。

鞋幫子

腮幫子

菜幫子

包兒 bāor　　18

用在動詞或形容詞後面，指有某種特點的人。

例 ① 別看她一副受氣包兒的樣兒，其實主意可多了。

　　② 這孩子被慣得無法無天，是胡同裏出了名的淘氣包兒。

包乾兒 bāogānr　　19

1. 承擔、負責一定範圍的工作。

例 這個星期打掃教室衛生的任務就由我們小組包乾兒了。

2. 承擔財務上的損益。

例 這些支出已在預算包乾兒範圍內，可以報銷。

包圓兒 bāoyuánr 　　20

承擔相關的全部事務或責任。

例 ① 還剩幾個餃子，我吃不下了，你包圓兒了吧。

② 這點兒活兒我包圓兒了，你先走吧，別管了。 粵包底

抱團兒 bàotuánr 　　21

抱成一團；結成一夥，互相支持。

例 ① 這幾位老人住在同一棟樓裏，互相幫助，抱團兒養老。

② 面對強大的競爭對手，我們一定要抱團兒互助，攜手共
進退。

倍兒 bèir 　　22

非常；十分。

例 ① 穿上這套衣服，你顯得倍兒精神。

② 我考上了理想的大學，倍兒開心！

甮 béng　23

「不用」的合音，別、不要的意思。

例 ① 這事您甮管了，我來處理。⑲唔使

　　② 這菜是昨天剩的，甮吃了，倒了吧。⑲唔好

鼻兒 bír　24

器物上能穿上東西的小孔。

例 ① 人老眼花時看不準針鼻兒，做針線活兒穿線特別費勁。

　　② 好不容易找到了地址，卻看到大門的門鼻兒上掛著一把
　　　大銅鎖，吃了個閉門羹。

鼻子不是鼻子，臉不是臉　25
bízi bùshì bízi, liǎn bùshì liǎn

非常生氣，臉色難看；或不給別人好臉色。

例 ① 從他一進門，你就鼻子不是鼻子臉不是臉的，弄得大家
　　　都挺尷尬的。⑲黑口黑面

　　② 由於大家配合失誤輸了這場球賽，教練氣得鼻子不是鼻
　　　子臉不是臉，賽後狠狠地訓了我們一頓。

憋屈 biē·qū   26

有委屈而感到憋悶。

例 ① 連好朋友都誤會我,心裏真憋屈。 (粵)掬氣 / 谷氣
     ② 你要覺得做得憋屈,不如趁早辭職,別老湊合。

別價 biéjie   27

表示勸阻或制止。

例 ① 真生氣了?別價,我逗你玩兒呢!
     ② 幹嘛急著走啊?別價,晚宴還沒正式開始呢。

彆扭 bièniu   28

1. 不順心;心情不順暢。

例 你要是不滿意,就說出來,省得心裏彆扭。

2. 關係不融洽;合不來。

例 姐兒倆鬧彆扭,好長時間不說話了。

3.(說話、作文)不通順;不流暢。

例 這句話讀起來有點兒彆扭,你再想想怎麼寫。

4. 不自然；不舒服；拘謹。

例 這件衣服款式太誇張，穿在身上感覺挺彆扭。

不⋯⋯白不⋯⋯ bù⋯⋯báibù⋯⋯ 29

「不」和「白不」後面跟動詞表示不能白白錯過某些機會。

例 ① 慈善團體在端午節派發免費大米，一些老人本著不拿白
不拿的心態大熱天去排隊。

② 他難得請客，不吃白不吃，大家一起去吧。

不管三七二十一 bùguǎn sān qī èrshíyī 30

不顧一切；不問是非情由。

例 ① 他忙了一天，看到桌上的美食，不管三七二十一，坐下
來就狼吞虎嚥起來。 粵唔理三七廿一

② 沒弄清楚事情的來龍去脈，不管三七二十一你就把人訓
一通，太不應該了。 粵唔理三七廿一

不是 bùshi 31

1. 錯處；過失。

例 這件事我考慮不周
全，是我的不是，請
您原諒。 粵唔啱

2. 賠禮道歉。

例 我以茶代酒，給您賠
個不是。

落不是 lào bùshi

被認為有過失而受責難。

例 他好心去幫忙，累了半天，反落了一身不是。

不是玩兒的 bù shì wánrde 32
也常說「不是鬧著玩兒的」

不能輕視。

例 ① 咱們得加把勁了，拖累了項目的進程可不是玩兒的。

粵唔係講笑

② 你老是這樣不按時吃飯，萬一落下個胃病可不是鬧著玩兒的。 粵唔係講笑

掃碼聽錄音

擦邊球 cābiānqiú　33

C

打乒乓球時擦著球台邊沿的球。比喻有意做在規定的界限邊緣而不違反規定的事。

例 ① 部分商家打法律的擦邊球,給行業健康帶來負面影響。

　　粵 踩界

　　② 這是個灰色地帶,咱們不能打擦邊球,別因小失大。

　　粵 踩界

踩點(兒)cǎidiǎn　34

1. 事先到某一地點瞭解情況,為將要進行的活動準備。

例 這部電影開拍前,劇組多次到絲綢之路踩點,以確保拍攝順利。

2. 剛好在規定的時間節點到達。

例 他永遠是踩著點進教室,不會遲到。

菜鳥 càiniǎo

1. 初學者；新手。

例 我剛拿到駕照沒幾天，是個菜鳥，膽子小、車速慢，你別笑話我。 粵初哥

2. 在某些方面沒有經驗或技能低下的人。

例 他剛畢業，是個職場菜鳥，你多提點提點他。 粵初哥

蹭 cèng

摩擦；因擦過去而沾上某些東西。引申為藉著某些機會得到不出代價的好處。

例 ① 經常到你那兒蹭吃蹭喝，今天我請你吃飯。

② 王偉這個月簽了一筆大生意，部門同事也跟著蹭了一筆獎金。

摻和 chānhuo 37

把物質摻雜在一起；引申為加入到事情中添麻煩、攪亂。

例 ① 這件事不能讓市場部摻和進來，否則業績就不好計算了。粵 又隻腳埋嚟

② 這份報表我自己做就行了，你不清楚來龍去脈，就別摻和了。粵 又隻腳埋嚟

唱白臉（兒），唱紅臉（兒） 38
chàng báiliǎn, chàng hóngliǎn

在中國傳統戲劇裏，白色臉譜代表充當嚴厲或令人討厭的角色；而紅色臉譜代表友善或令人喜愛的角色。「唱白臉（兒）」和「唱紅臉（兒）」常一起使用，比喻在解決矛盾衝突的過程中兩方扮演相反的角色。

例 ① 在教育孩子時，我們夫妻二人一個唱白臉，一個唱紅臉。粵 一個做好人，一個做醜人

② 他倆一個唱白臉，一個唱紅臉，批評完了又安慰，讓人有點兒無所適從。粵 一個做好人，一個做醜人

唱高調（兒）chàng gāodiào　39

說不切實際的漂亮話或光說得好聽而不去做。

例 ① 他們不唱高調，埋頭苦幹，幾個月就把新產品研發出來了。

② 別老唱高調，做不到的就別說，說出來的就要做到。

唱主角 chàng zhǔjué　40

擔當主要任務或在某方面起主導作用。

例 ① 這場談判由李主任唱主角，我們配合。　粵 擔大旗

② 我們兩口子雖然都是北方人，但主食以米飯唱主角，很少吃麵食。

車到山前必有路　41
chē dào shān qián bì yǒu lù

比喻事到臨頭，總會有解決的辦法。

例 ① 車到山前必有路，沒有過不去的坎兒，樂觀點兒。

粵 船到橋頭自然直

② 別擔心費用的事，車到山前必有路，總會有辦法的。

粵 船到橋頭自然直

扯皮 chěpí　42

1. 無原則地爭論；爭吵。

例 會議開了幾個小時了，你們別扯皮了，趕快做決定吧。

2. 對該處理的事情互相推諉。

例 因為幾個部門互相扯皮，好好的項目現在成了爛尾工程。

扯閒篇（兒）chě xiánpiān 也說「扯閒天兒」 43

談與正事無關的話；閒聊。

例 ① 大家都忙得要命，誰有時間跟你扯閒篇啊。 粵吹水

② 疫情期間，賣奢侈品的商店門庭冷落，售貨員們聚在一起扯閒天兒打發時間。 粵吹水

陳穀子爛芝麻 chén gǔzi làn zhīma 44

陳舊的無關緊要的話或事物。

例 ① 我小時候那些陳穀子爛芝麻的糗事您就別提了。

② 奶奶年紀大了，總喜歡回憶一些陳穀子爛芝麻的往事。

吃白飯 chī báifàn　45

1. 只吃飯不幹活兒。也作「吃乾飯」。

例 馬超接管家族企業後，決心不能吃白飯坐享其成，立志要把企業發展成為上市公司。

2. 寄居在別人家中，靠別人生活。

例 我住在親戚家也不是吃白飯的，幾口人的一日三餐都是我做的。

吃飽了撐的 chībǎole chēngde　46

沒事找事幹；不幹正經事；把精力用在不該用的地方。

例 ① 你吃飽了撐的沒事幹，摻和他倆的事幹嘛。

② 衣服破成這樣你還費勁補，真是吃飽了撐的，買件新的算了。

吃不了，兜著走 chību liǎo, dōuzhe zǒu　47

出了問題，要承擔一切後果。往往用於強調後果不堪承擔。

例 ① 這件事如果鬧大了，吃不了兜著走的就是你了。

② 現在再改換設計方案，萬一延誤了交付期，小心吃不了兜著走。

吃大鍋飯 chī dàguōfàn　48

不論工作好壞、貢獻大小，待遇、報酬都一樣。

例 ① 在我們部門別想吃大鍋飯，貢獻越大，收入越高。

② 為了改變「吃大鍋飯」的現象，工廠採用計件工資制，大大提高了員工的積極性。

吃槍藥 chī qiāngyào　49

說話火氣大，帶有火藥味兒。

例 ① 你這麼大聲幹甚麼？吃槍藥啦？小聲兒慢慢説不行嗎？

　　粵 食咗炸藥

　② 這筆生意被別人搶走了，老闆像吃了槍藥一樣大發脾
　　氣。 粵 食咗炸藥

吃透 chītòu　50

理解透徹。

例 ① 這本哲學書太深奧了，要想吃透還得多讀幾遍。

　② 老師下課前安排了十分鐘討論時間，就是為了讓學生吃
　　透知識點。

臭美 chòuměi　51

諷刺別人或調侃自己愛打
扮或顯擺自己的才能。

例 ① 不就是攝影比賽拿個
　　紀念獎嘛，你看把他
　　臭美的。

　② 我平時對穿不怎麼講
　　究，今天咱也穿件漂
　　亮的衣服，臭美一
　　下。 粵 貪靚

出岔子 chū chàzi 52

發生差錯或事故。

例 ① 這場戶外演唱會的預案做得比較完善，所以沒出甚麼岔子。

② 第一次進行在線考試，為了避免到時候出岔子，籌備小組準備了幾個應急方案。

出活兒 chūhuór 53

在一定的時間內完成較多的工作。

例 ① 小李手腳麻利，出活兒特別快。

② 師傅要求很嚴格，他說寧肯不出活兒，也不能降低對品質的要求。

出圈兒 chūquānr 54

1. 言行越出常規。

例 ① 在網絡世界裏發表觀點也要謹慎，言論不能出圈兒。

② 你們再這樣違反行規，做些出圈兒的事，遲早惹麻煩。

2. 關注度超出原有的範圍。

例 當紅明星擔任代言人後，這個小眾的服裝品牌迅速火出圈兒了。

出洋相 chū yángxiàng 55

1. 出醜；鬧笑話。

例 再過兩天就要演講比賽了，你不好好準備，等著當眾出洋相啊！

2. 開玩笑活躍氣氛。

例 餐桌上他經常説説笑話，出出洋相，逗長輩們開心。

揣著明白裝糊塗 56
chuǎizhe míngbai zhuāng hútu

心裏明白，表面上裝糊塗。

例 ① 環保部門都找上門了，你們還敢揣著明白裝糊塗，不解
　　決污水排放問題。

　　② 既然知道不是馬老師的責任，咱們不能揣著明白裝糊
　　塗，應該幫他澄清。

刺兒 cìr 57

像針一樣尖銳的東西。

相關口語詞

❶ 刺兒話 cìrhuà

譏諷或刺激人的話。

例 有意見大家可以心平氣和地交流，光説些刺兒話能解決問
　題嗎？

2 刺兒頭 cìrtóu

遇事刁難，不好對付的人。

例 那個男生是班裏的刺兒頭，不尊重老師還經常和同學吵
架，同學們都對他避而遠之。

湊合 còuhe 58

1. 拼湊。

例 他們的小組報告內容毫無條理，一聽就是幾個人隨便湊合
出來的。

2. 將就。

例 這台電腦還能湊合著再用兩年，我不想換新的。

搭茬兒 dāchár 也作「搭碴兒」　**59**

接著別人的話說話。

例 ① 由得她一個人嘮叨,你不用搭茬兒。 ⑱搭嘴

② 阿姨説了半天,見沒人搭碴兒也就不説了。 ⑱搭嘴

打白條(兒)dǎ báitiáo　**60**

用單據代替應付的現款,日後再予以兑付。

例 ① 商店收了貨只打了個白條給供應商,説是一個月之後再付貨款。

② 承包商發不出工資,連著三個月給工人打白條,所以工人罷工了。

打岔 dǎchà　**61**

打斷別人說話、工作或正在進行中的事。

例 ① 別著急,別打岔,聽我把話説完再提問。 ⑱剟亂歌柄

② 你別老打岔,等我忙完了再跟你聊。

打車 dǎchē 也說「打的」 62

乘坐出租車。

例 ① 頤和園太遠了，咱們打的去吧。

② 大家都到了，就差你一個了，趕緊打車過來。

打盹兒 dǎdǔnr 63

小睡；短時間小憩。

例 ① 爺爺上歲數了，吃完午飯愛打個盹兒。 粵瞌一陣

② 你看小李這瞌睡蟲，在地鐵上站著都能打盹兒。

粵瞌一陣

打發 dǎfa 64

1. 派遣。

例 想知道工程的進展速度，打發個人去工地瞭解一下就行了。

2. 使離去。

例 還是你厲害，幾句話就把他打發走了。

3. 消磨時間。

例 骨折了要在床上躺一個月，我真不知道這段日子怎麼打發。

打哈哈 dǎ hāha　　65

1. 開玩笑。

例 我跟你說正經事呢，你別在這兒打哈哈，認真點兒行不行？ 粵講笑

2. 隨便應付，敷衍。

例 你一早答應的事，現在光打哈哈不幫忙，太不講信用了。

打醬油 dǎ jiàngyóu　　66

1. 對別人的討論或從事的活動不瞭解或不感興趣，有「路過」「路人」的意思。

例 你們繼續討論，別問我的意見，我就是一打醬油的。

2. 在事情的發展中起的作用很小。

例 這件事他們出力最多，我只是在旁邊打打醬油而已，要謝就謝他們吧。

打馬虎眼 dǎ mǎhuyǎn　　67

故意裝糊塗，蒙混過關。

例 ① 質量不過關，你想打個馬虎眼混過去是不可能的。

② 孩子闖了禍，家長不應該打馬虎眼護著，要讓孩子接受批評，吸取教訓。

打前站 dǎ qiánzhàn　68

行軍或集體出行時，先有人到將要停留或到達的地方安排食宿或相關工作。

例 ① 今晚看電影，我打前站先去排隊買票，你們隨後再過來。

② 部隊拉練，你們班早點兒出發打前站，把晚上的食宿安排好。

打水漂兒 dǎ shuǐpiāor　69

一種沿水平方向向水裏投擲片狀石子或瓦片的遊戲，比喻投入了人力物力而沒有收益。

例 ① 生意最終還是失敗了，他這幾年的心血都打了水漂兒。

② 孩子就不是塊讀書的料，報再多的補習班也沒用，別再拿錢打水漂兒了。

打問號 dǎ wènhào　70

產生懷疑。

例 ① 你答應了幾次都沒辦成，我對你的許諾要打個問號了。

② 這活兒正常得一個星期才能完成，他兩天就搞定了，質量方面我不能不打個問號。

打腫臉充胖子 dǎ zhǒng liǎn chōng pàngzi 71

1. 沒能力卻硬裝出有本事的樣子。

例 人手短缺，你還接下這個工程，這不是打腫臉充胖子嘛！

　　粵 充大頭鬼

2. 財力不夠卻硬撐面子。

例 你花那麼多錢請客，打腫臉充胖子，日子不過了？

　　粵 充大頭鬼

大大咧咧 dàdaliēliē 72

隨隨便便，滿不在乎。

例 ① 剛買的手機又丟了，你老是大大咧咧的，不心疼啊？

　② 不知不覺把人都得罪了，你這大大咧咧的性格啥時候能改一改？

大發 dàfa 73

超過了適當的限度。

例 ① 他家的事越鬧越大發了，左鄰右舍都知道了。

　② 他喝大發了，說的都是醉話，你別往心裏去。

大夥兒 dàhuǒr 74

眾人。

例 ① 大夥兒都下班了，你怎麼還不走？

　② 這件事就這麼定了？要不要再聽聽大夥兒的意見？

有名氣、有實力的人。

例 ① 他在音樂界可是個響噹噹的大腕兒，創作的歌曲很受
　　歡迎。

　② 給你介紹一個果樹栽培方面的大腕兒，所有技術問題都
　　可以請教他。

戴高帽兒 dài gāomàor 也說「戴高帽子」　　76

用好聽的話奉承或恭維別人。

例 ① 那是他們給我戴高帽兒呢，你們就別跟著瞎起閧了。
　② 他現在變得不知天高地厚，都是你們經常給他戴高帽兒
　　捧的。

擔待 dāndài　　77

1. 原諒；諒解。

例 年輕人說話不注意，衝撞了您，您老人家多擔待些。

2. 擔當。

例 你還是簽署一份保證書吧，要是出了意外我可擔待
不起。

當口兒 dāngkǒur　78

事情發生或進行的時候。

例 ① 歌劇進行到高潮的當口兒，天花板上巨大的水晶吊燈突
然掉了下來。原來這是配合劇情而加的特效。

② 在電影拍了一半，資金所剩無幾的當口兒，合作方追加
投資，這可真是雪中送炭啊！

當面鑼，對面鼓 dāngmiànluó, duìmiàngǔ　79

比喻面對面的商談或爭論。

例 ① 你有本事當面鑼對面鼓衝我來，別背後搞小動作。

② 咱們雙方坐下來，把條件、要求當面鑼對面鼓地談清
楚，省得將來鬧糾紛。

刀子嘴，豆腐心 dāozizuǐ, dòufuxīn　80

比喻人言辭犀利而心地善良。

例 ① 我知道她是刀子嘴豆腐心，那幾句狠話，我不會往心裏
去的。

② 刀子嘴豆腐心的姑姑，有時候說話不中聽，也是為了
你好。

捯飭 dáochi 81

1. 修飾；打扮。

例 你今天捯飭得那麼漂亮，是不是要去相親？

2. 擺弄；修理。

例 這台壞了的舊風扇經爸爸一捯飭，又可以轉起來了。

倒騰 dǎoteng 又作「搗騰」 82

1. 翻騰；移動。

例 每年光是倒騰一家幾口換季的衣服就夠我頭疼的。

2. 調換；調配。

例 從八樓倒騰到十二樓，光鍋碗瓢盆兒就搬了好幾趟。

3. 買進賣出。

例 別看他倒騰的是小商品，但薄利多銷，生意還不錯呢。

道道兒 dàodaor 83

1. 辦法；主意；門道。

例 他們討論了半天，也沒商量出個道道兒來。

2. 話語或文章中的意思。

例 聽了您的講解，我才悟出這篇文章的道道兒來。

嘚瑟 dèse 84

1. 因得意而向人顯示；炫耀。

例 剛進入復賽，有啥了不起的，看把你嘚瑟的！ 得敕

2. 胡亂花費（錢財）。

例 他拿到工資後天天大吃大喝，沒幾天就嘚瑟光了。

······得慌 ······de huang 85

形容詞後面加「得慌」表示難以忍受。

例 ① 我忙了一上午，累得慌，先歇會兒。

② 剛下船暈得慌，路都走不穩，走慢點兒。

得 děi 86

1. 需要；必須。

例 這事兒你同不同意？總得給個明確的答覆吧？

2. 表示意志上或事實上的必要。

例 你的普通話考到一級了，我也得加把勁兒才行。

3. 會；推測必然如此。

例 今天降溫了，你不穿外套又得著涼了。

提溜 dīliu 87

提；拎。

例 ① 高考那幾天，家長都提溜著心，在考場外焦急地等候。

② 你提溜著這麼多菜多沉啊，帶個小拉車就輕鬆多了。

地兒 dìr 88

1. 地方。

例 ① 咱們找一個交通方便的地兒開年會，最好是包餐飲的
會所。

② 遷徙的大象長途跋涉，就是要找一處適合牠們生存的
地兒。

2. 花紋或文字的襯托面。

例 青花瓷是在白泥上進行繪畫裝飾，燒製後呈現出白地兒藍
花，美觀素雅。

點撥 diǎn·bō 89

指點。

例 ① 你真聰明，別人稍微一點撥你就明白了。

② 幸虧師傅點撥，我才那麼快找到停車的竅門兒。

點補 diǎnbu 90

吃少量的食物以減輕飢餓感。

例 ① 你那兒有可以點補的小零食嗎？給我點兒。

② 飯還沒做好，餓了先吃點兒水果點補一下吧。

點兒背 diǎnr bèi 91

運氣不好。「點兒」指運氣、遭遇。

例 ① 昨天丟了電話，今天又不見了錢包，我這幾天點兒也太
背了吧。粵黑仔

② 沒聽過「點兒背不能怨社會，點兒低不能怨班級」嗎？
你還是多從自己身上找找問題吧。

墊上 diànshang 也可以說「墊」 92

暫時幫別人付錢。

例 ① 今天急著出門，沒帶錢包，你先幫我墊上吧。

② 公司請客你墊的錢，拿發票去財務部報銷吧。

調包（兒）diàobāo 93

暗中用假的換真的或用壞的換好的。

例 ① 聽説這家酒樓會把顧客挑好的海鮮調包，換一家吧。

② 車站人多，你把咱們的東西盯緊點兒，別讓人調了包。

掉價（兒）diàojià 94

1. 價格降低。

例 中秋節一過，很多月餅都掉價了。 粵跌價

2. 比喻身份、排場降低。

例 這位大明星覺得參加綜藝節目有點兒掉價，答應得很勉強。

掉鏈子 diào liànzi 95

原指騎自行車時，車鏈子掉了。比喻人在做事時出現失誤，使事情不能順利進行下去。

例 ① 明天辯論決賽時大家千萬不要掉鏈子，好好表現。

粵揦Q

② 老闆一直看好你，關鍵時刻怎麼掉鏈子了？ 粵揦Q

掉書袋 diào shūdài 96

諷刺人愛引經據典，賣弄學問。

例 ① 可以偶爾引用經典，但別總掉書袋，讓人聽著彆扭。

粵拋書包

② 這篇文章看似寫得很精彩，卻沒甚麼實際觀點，都是在掉書袋。 粵拋書包

頂樑柱 dǐngliángzhù 97

比喻起主要作用的骨幹力量。

例 ① 爸爸長年在外，我家的頂樑柱就是我媽。

② 幾位年輕人工作沒幾年就成了團隊的頂樑柱了。

頂事（兒）dǐngshì 98

有用；能解決問題。反義詞為「不頂事（兒）」。

例 ① 這退燒藥還真能頂點事，吃了藥之後感覺好多了。

② 雨下得真大，打傘也不頂事，整個人都濕透了。

定心丸（兒）dìngxīnwán 99

比喻能使思想、情緒安定下來的言論或行動。

例 ① 今年經濟不景氣，但老闆説不會縮減人手，給大家吃了
顆定心丸。

② 醫生説爸爸的手術很成功，好像一顆定心丸，讓我一直
懸著的心終於放下來了。

丟三落四 diūsān-làsì 100

記憶力不好，容易忘事。粗心大
意，做事馬虎。

例 ① 出門前再檢查一下，把東西
帶齊，別丟三落四的。

② 爺爺上了年紀，做事總丟三
落四的，咱們得多擔待一些。

丟眼色 diū yǎnsè 也說「使眼色」「遞眼色」 101

用眼神示意或暗示，「眼色」指向人示意的目光。

例 ① 母親忙向孩子丟眼色，示意他趕緊向父親道歉。

　　粵 打眼色

　② 你倆在我面前使甚麼眼色，有話就直說，別藏著掖著。

　　粵 打眼色

東拉西扯 dōnglā-xīchě 102

說話沒有中心或條理，想到哪裏說到哪裏；寫文章條理紊亂，不緊扣中心議題。「拉」「扯」：閒談。

例 ① 你東拉西扯了半天，到底想說甚麼？

　② 大家坐在車上沒事幹，就東拉西扯地閒聊起來。

動肝火 dòng gānhuǒ 103

發脾氣；發怒。

例 ① 大家有話都慢慢說，千萬不要動肝火。 粵 發嬲

　② 沒想到他為這點小事還大動肝火，真不值得。 粵 發嬲

兜底（兒）dōudǐ 104

1. 承擔事情的責任。

例 有甚麼事兒我兜底，你們就放手去做吧。 粵 䂿飛

2. 把剩餘部分都承擔下來。

例 這次車禍肇事方掏了大部分錢，剩餘的保險公司兜底。

　粵 包底

3. 揭露底細（多指隱諱之事）。

例 他沒做過甚麼見不得光的事，不怕人兜底。

逗樂兒 dòulèr　105

引人發笑。

例 ① 他是班上的開心果，經常跟同學們逗樂兒。 粵搞笑

② 看那兩位相聲演員的裝扮就夠逗樂兒的了。 粵搞笑

堵 dǔ　106

D

心中不暢快；心情鬱悶。

例 ① 你要是心裏覺得堵，那就出去旅旅遊，散散心。

粵心翳

② 這事兒已經夠煩人的了，你就不要再說這些話給我添
堵了。

段子 duànzi　107

大鼓、相聲、評書等曲藝中可以一次表演完的節目。也指
有某種特殊意味或內涵的一段話、一段文章等。

例 這些搞笑段子大多是諷刺社會弊病的。

相關口語詞

段子手 duànzishǒu

專門寫段子的人。

例 網絡上有些段子手通過自嘲和吐槽而迅速走紅。

斷篇兒 duànpiānr 也作「斷片兒」　108

比喻思維等暫時中斷，接續不上。

例 ① 那位老人記性不好，回憶起陳年往事說著說著就斷
篇兒了。

② 老同學聚會常聊起兒時的趣事，給斷片兒的同學填補失
去的記憶。

對付 duìfu　109

1. 對人或事採取措施、辦法。也說「應付」。

例 我這外語扔了很多年，雖說生疏了不少，不過出國交流還
是能對付的。

2. 湊合；將就；勉強適應不太滿意的事物或環境。

例 我今天加班，沒時間回家做飯了，你自己煮點兒麵條對付
一頓吧。

3. 感情相投（多用於否定式）。

例 都說「十對婆媳九不和」，你是怎麼打破這婆媳不對付定
律的？

對過兒 duìguòr　110

在某處的一邊稱對面的另一邊。

例 ① 河對過兒有一片茂盛的森林。

② 那座最高的酒店對過兒就是市政大廈了。

對眼（兒）duìyǎn　111

合乎自己的眼光，讓人滿意。

例 ① 第一次相親他倆就互相看對眼了，說明兩人有緣分。

　　粵合眼緣

　② 這衣服太對我的眼了，感覺就像是專門為我設計的。

　　粵合眼緣

懟 duì　口語中常說「duǐ」　112

1. 碰撞，衝撞。

例 今天路上堵車，聽說前面兩輛貨車懟上了。

2. 利用言語方式批評、指責、反駁或是回擊他人。

例 我說一句，他懟一句，這分明是和我對著幹。　粵駁嘴

敦實 dūnshi 113

粗壯而結實。

例 ① 小夥子看起來體格敦實健壯,估計以前練過武術。

② 海堤前堆了很多敦實的大石塊,以抵抗海浪的衝擊。

蹲班 dūnbān 114

留級。

例 ① 咱孩子成績這麼差,要不讓他蹲班重讀吧? 粵 留班

② 高級審計師資格證特別難考,我在培訓機構蹲了兩年班才通過。 粵 留班

蹲點(兒)dūndiǎn 115

到基層參加實際工作,進行調查研究。

例 ① 警察晝夜蹲點,終於成功將販毒嫌疑犯抓獲。

② 小林跟著導師到少數民族村寨蹲點調查,研究當地方言。

掃碼聽錄音

二百五 èrbǎiwǔ 116

做事莽撞，有些傻氣的人。

例 ① 你這個沒心沒肺的二百五，做事前能不能先動動腦子。

　② 別人都躲得遠遠的，就你主動湊上去，真是個二百五！

E

二愣子 èrlèngzi 117

指做事魯莽、不動腦筋的人。

例 ① 遇事要學會變通，別跟個二愣子似的，一條道走到底。

　② 這差事得交給細心的人去辦，那個粗心大意的二愣子能
　　行嗎？

F

發怵 fāchù 同「發憷」，也說「犯怵」　**118**

畏縮；膽怯。

例 ① 一想到要面對全校同學發言，他就有點兒發怵。粵怵場

② 下星期要見厲害的丈母娘了，小馬有點兒犯怵。粵怵

發橫 fāhèng　**119**

蠻不講理地發脾氣。

例 ① 你幹嘛衝我發橫，這事跟我有甚麼關係？粵發爛渣

② 明明是他先撞了那位老人，居然還對老人家發橫。

粵發爛渣

發毛 fāmáo 120

害怕；驚慌；

例 ① 我被他犀利的目光盯得心裏有些發毛。

② 他站在陡峭的懸崖邊拍照，讓人看著不禁發毛。

髮小兒 fàxiǎor 121

小時候一起玩耍的朋友。

例 ① 我倆是髮小兒，從小玩兒到大，情同姐妹。

② 這幾個髮小兒的父輩就是朋友，他們又住在一個院子裏，關係可鐵了。

翻篇兒 fānpiānr 122

事情已經過去，或對過去的事情不再計較。

例 ① 這件事就這麼翻篇兒了，以後誰也別提了。

🔊當粉筆字抹咗佢

② 雖然他倆交往過一段時間，但這都是很早以前的事了，早都翻篇兒了。

犯不上 fànbushàng 也說「犯不著」 123

不值得。反問句常說「犯得上」「犯得著」。

例 ① 這麼點小事，您犯不上親自跑一趟。 🔊無謂

② 這個人説得都是糊塗話，犯得著跟他較真兒麼？

🔊無謂

犯嘀咕 fàn dígu　124

1. 產生疑慮。

例 這種雷雨天航班能不能準時起飛，我心裏有點兒犯嘀咕。

2. 猶豫不決。

例 你看了半天菜單了，就別犯嘀咕了，想吃甚麼儘管叫。

犯渾 fànhún　125

說話做事不知輕重，不合情理。

例 ① 你犯渾時説的那些話，特別傷人。

　② 都怪我沒控制住自己的脾氣，一時犯渾和別人打了一架，現在很後悔。

範兒 fànr　126

風格；做派（多指好的）。

例 ① 他演講時舉手投足之間都帶著一股兒領袖範兒。

　② 這位名模拍照時從容大度，特別有範兒，氣場十足。

放羊 fàngyáng 127

比喻不加管理，任其自由行動。

例 ① 放假不等於放羊，可以給孩子安排一些有意義的活動。

② 部分企業採取「放羊式」管理，讓員工有更多的自主空間。

費事 fèishì 128

事情複雜不容易辦；費工夫。

例 ① 忙活了一整天，不想費事做飯了，咱們出去吃吧。

② 這個方法費時費事，我們還是想想其他的辦法吧。

分兒 fènr 129

情誼；情分。

例 ① 我是看在老朋友的分兒上才幫他的。

② 看在老天爺的分兒上，你就放過我們吧。

份兒 fènr 130

1. 表示事物變化所達到的程度、地步或境地。

例 你們倆不是挺好的嗎？怎麼會鬧到翻臉的份兒上了。

2. 能分配到的份量或餘額。

例 今天我們準備了很多禮物，每個人都有份兒。

3. 地位。

例 只要他在場，別人都沒有說話的份兒。

份子 fènzi

合夥送禮時各人分攤的錢。

例 ① 給小張買結婚禮物的份子錢，我先幫你墊上了。

（粵）夾錢

② 畢業典禮那天，同學們湊份子買了一束花送給班主任。

（粵）夾錢

服軟（兒）fúruǎn

1. 服輸。

例 那個小夥子脾氣很倔，新兵訓練時再艱苦也不服軟。

2. 認錯。

例 他知道是自己做得不對，但嘴上就是不肯服軟。

掃碼聽錄音

該著 gāizháo　133

命中注定，不可避免。

例 ① 該著你運氣好，問題發現得早，否則後果不堪設想。

② 他在我家白吃白住不說，還整天挑三揀四找麻煩，該著我上輩子欠他似的。

粵 整定

G

乾巴 gānba　134

1. 因失去水分而收縮或變硬。重疊形式「乾巴巴」。

例 這塊牛肉烤得時間太長，嚼起來乾巴巴的，沒甚麼味道。

粵 乾噌噌

2. 皮膚因缺少脂肪而顯得乾燥或乾瘦。

例 貧民窟的孩子們長期營養不良，大多都是乾巴瘦。

3. 文辭枯燥，不生動。

例 你寫文章怎麼跟記流水賬似的，乾巴巴的，不夠生動。

乾打雷，不下雨 gān dǎ léi, bù xià yǔ　135

1. 比喻只有聲勢，沒有實際行動。也說「光打雷，不下雨」。還常說「雷聲大，雨點小」，表示氣勢浩大，但實際行動少。

例 一年前領導就說要漲工資，到現在也沒個準信兒，乾打雷，不下雨。

2. 假哭。

例 聽她哭得響亮，可臉上一滴眼淚都沒有，乾打雷，不下雨，別上她的當。

乾瞪眼 gāndèngyǎn 也說「乾著急」　136

形容在一旁看著生氣或著急而又無能為力。

例 ① 他撂下工作揚長而去，氣得店長乾瞪眼。

② 兩隊的比分差距逐漸拉大，球迷看著乾著急。

敢情 gǎnqíng　137

1. 發現原來沒有發現的情況。

例 白跟你費了半天口舌，敢情你一句話都沒聽進去呀！

2. 情理明顯，不必懷疑。

例 聽說你兒子要從英國回來了，那敢情好，可以照顧你們了。

趕點（兒）gǎndiǎn　138

1.（車、船等）晚點後加快速度，爭取正點到達。也泛指趕時間。

例 鐵路部門啟動緊急預案，全力組織晚點列車加速趕點。

2. 趕時機，趕時間。

例 為了能趕點看球賽，他一下班就飛奔回家。

趕明兒 gǎnmíngr　139

以後；將來。

例 ① 趕明兒來我家作客，嚐嚐我的拿手菜。 粵 第日

② 爸媽很想環遊世界，我要努力賺錢，趕明兒帶他們去旅行。 粵 第時

趕巧（兒）gǎnqiǎo　140

碰巧；恰好。

例 ① 真不趕巧，這個型號的貨品賣光了。

② 我還想明天去辦公室找您，趕巧在這兒遇上了。

粵 啱啱

趕趟兒 gǎntàngr　141

時間上趕得上，來得及。多用於否定式「趕不上趟兒」。

例 ① 我們現在打的去聽音樂會，希望還能趕趟兒。

粵 趕得切

② 下一班公共汽車七分鐘後到站，你現在才出門兒肯定趕不上趟兒了。 粵趕唔切

趕鴨子上架 gǎn yāzi shàng jià　142

迫使別人做能力所不及的事情。

例 ① 我哪會唱京劇呀，你就別趕鴨子上架了。

② 讓這位內向的姑娘做司儀，有點兒趕鴨子上架吧。

鋼鏰兒 gāngbèngr　143

金屬輔幣。

例 ① 自從人們都用八達通坐車後，鋼鏰兒的使用量大減。 粵散銀

② 現在連小販都用電子錢包收款了，想換點兒鋼鏰兒挺難的。 粵散銀

疙瘩 gēda **144**

1. 皮膚上凸起或肌肉上結成的硬塊。

例 晚上去公園溜達了一圈兒，被蚊子咬了好幾個大疙瘩。

2. 比喻不易解決的問題；心中的鬱結或思想上的矛盾。

例 解鈴還須繫鈴人，他心裏的疙瘩還得自己解。

相關口語詞

疙疙瘩瘩 gēgedādā

不平滑；不通暢；彆扭。

例 你寫的文章讀起來疙疙瘩瘩的，一點兒都不通順。

胳膊擰不過大腿 gēbo nǐng bùguo dàtuǐ **145**
也說「胳膊扭不過大腿」

比喻雙方實力或權勢相差懸殊，弱小的敵不過強大的。

例 ① 這事兒上頭已經決定了，胳膊擰不過大腿，你反對也沒用。

② 有時生態環保的胳膊還是扭不過經濟利益的大腿，需要政府的大力支持。

胳膊肘兒朝外拐 gēbozhǒur cháo wài guǎi **146**
也說「胳膊肘兒往外拐」「胳膊肘兒向外拐」

比喻不向著自家人而向著外人。

例 ① 事故責任在對方，你不追究還幫他們說好話，怎麼胳膊肘兒朝外拐呀？ 粵手指拗出唔拗入

② 自己部門還忙不過來呢，他倒好，胳膊肘兒往外拐，去幫別的部門。粵手指拗出唔拗入

1. 身體或物體的大小。

例 他是個大高個兒，走在人群裏特別顯眼。

2. 夠條件的人；有能力較量的對手。常用於否定形式。

例 別看他們人高馬大，真動起手來，都不是我的個兒。

1. 形容每個都能解決問題，每個都頂事、有用。

例 銷售部的同事個兒頂個兒的優秀，保證能完成任務。

2. 每一個。

例 我家賣的西瓜個兒頂個兒的甜，保證您吃了還想吃。

根兒 gēnr **149**

1. 物體的下部或某部分和其他東西連著的地方。

例 人們忙完了農活兒便會坐到村頭南牆根兒下聊天兒。

2. 事物的本源；人的出身底細。

例 這事兒還是交給一個知根兒知底兒的人去做比較放心。

跟頭 gēntou **150**

身體失去平衡而摔倒。常用「摔跟頭」「栽跟頭」比喻遭受挫折或失敗。

例 ① 他因為貪念，最後在經濟問題上栽了跟頭。

② 你總是這樣投機取巧，小心將來栽跟頭，到時候誰也救不了你。

梗兒 gěngr **151**

1. 原指植物的枝或莖，藉指笑點、伏筆。

例 你說的這個笑話沒甚麼梗兒，一點都不好笑。

2. 反覆引用信息量豐富的橋段、典故或熱門話題。

例 現在愛情題材的電視劇不是車禍失憶，就是穿越重生，全是老梗兒老套路。

夠本（兒）gòuběn **152**

買賣不賠不賺；賭博不輸不贏。泛指得失相當。

例 ① 這家自助餐這麼貴，你只吃素菜，怎麼能吃夠本兒呢？

② 這隻股票被套了幾年，這段時間終於回升了，剛夠本兒我就賣了。

夠格（兒）gòugé 153

符合一定的標準或條件。

例 ① 以你的身高，做空中服務員恐怕還不夠格。

② 你要再考一個教育文憑，才能夠格當教師。

夠嗆 gòuqiàng 154

事情或狀況非常厲害；令人難以承受。

例 ① 這份報表還有很多數據沒有核對，你想在下班前趕出來？我看夠嗆。

② 由於全球變暖，溫室效應加劇，這幾年的夏天真是熱得夠嗆。

夠受的 gòushòude 155

達到或超過人所能忍受的最大限度，使人難以忍受。

例 ① 他家就靠他一人養家糊口，這重擔夠他受的。

② 這麼熱的天到處奔波，真夠人受的，你得多喝點兒水，別中暑了。

估摸 gūmo 156

猜測;推斷。

例 ① 估摸著這個大西瓜有十來斤吧。

② 我剛才叫了外賣,估摸著現在快到了。

歸置 guīzhi 157

整理;收拾。

例 ① 你的房間太亂了,趕緊把東西歸置歸置。

② 這些書你看完記得放回書架,歸置到原位。

過不去 guòbuqù 158

1. 為難。

例 主管總是挑我的錯兒,分明是故意和我過不去。

粵 過唔去

2. 心中不安;抱歉。也說「過意不去」。

例 每次出去吃飯都是你請客,真過意不去。

過了這個村(兒),就沒這個店 159

guòle zhège cūn, jiù méi zhège diàn

機會難得,機不可失。

例 ① 商場大減價,咱們趕緊去瞧瞧吧,過了這個村可就沒這個店了。 粵 蘇州過後冇艇搭

② 機會難得,過了這個村就沒這個店,你可別錯過了。

粵 蘇州過後冇艇搭

哈喇 hāla　　160

食用油或含油食物日久味道變壞。

例 ① 這包開心果放得太久了，都有哈喇味兒了。 粵 膉味

② 這家店舖賣的炸雞腿怎麼聞著有股哈喇味兒，不會是炸雞的油有問題吧？ 粵 膉味

害臊 hàisào　　161

害羞；難為情。

例 ① 你還是大學生呢，和人吵架說髒話，真不害臊。

② 新娘子有點兒害臊，新郎當眾親吻她時臉都紅了。

粵 怕醜

H

含糊 hánhu　　**162**

1. 不明確，不清晰。

例 合同裏的賠償條款有些含糊，需要再斟酌一下。

2. 不認真，馬虎。

例 這事兒關係到我們部門的利益，可不能含糊，再爭取一下吧。

3. 猶豫，膽怯。

例 他答應得含糊閃爍，這事交給他辦我有點兒不放心。

相關口語詞

不含糊 bù hánhu

有能耐。常用作讚美的話。

例 吳師傅的少林拳打得可真不含糊！

寒碜 hánchen 也說「磕碜」　　**163**

1. 醜陋難看，形象差。

例 同學聚會你也不打扮一下，穿得那麼邋遢，真夠寒碜的。
　　粵 肉酸

2. 丟臉，有失體面。

例 現在經濟不景氣，能就業就不錯了，你居然還嫌這份工作寒碜。粵 失禮

3. 譏笑他人，揭人短處，使其難堪。

例 他那些冷嘲熱諷的話明擺著是來磕碜我的。粵 落人面

行當（兒）hángdang 164

行業或職業類別。

例 ① 隨著社會的發展，有一些傳統的老行當已經逐漸消失了。

② 你從事的這個行當挺不錯的，工資有保障，年底還有分紅。

好歹 hǎodǎi 165

1. 不知輕重，不論好壞。

例 這人真不識好歹，你越讓著他，他就越得寸進尺。

2. 指危險、災禍（多指生命危險）。

例 你接受這麼危險的任務一定要注意安全，萬一有個好歹，讓父母怎麼辦。 粵 冬瓜豆腐

3. 用在動詞前，表示不問條件好壞，將就做某事。

例 我沒甚麼東西招待你，好歹吃一點兒吧。 粵 求其

4. 用在動詞前，表示不管怎樣；無論如何。

例 問了你半天，怎麼不吭聲兒啊？好歹說句話啊！

好容易 hǎoróngyì 166

1.「好容易」後接動詞，常與「才」連用，形容做事的經過比較周折、困難。與否定式「好不容易」語義相同。

例 ① 好容易才有半天假，我得好好休息一下。

② 我連哄帶騙，好不容易才把搗亂的弟弟打發出去。

2.「好 + 形容詞」的結構，肯定式與否定式語義相同。

例「好熱鬧」與「好不熱鬧」

「好威風」與「好不威風」

好說歹說 hǎoshuō-dǎishuō   **167**

用各種理由或方式反覆請求或勸說。

例 ① 大伯好說歹説，爺爺就是不肯搬過去和他們一起住。

② 我好説歹説，媽媽才讓我參加這個西藏自駕遊團的。

好心當作驢肝肺 hǎoxīn dàngzuò lǘgānfèi **168**
也說「好心當成驢肝肺」

把好心當成惡意，不領情。「驢肝肺」比喻不值錢或不在意的東西。

例 ① 我為你付出那麼多，到頭來還被你數落，真是好心當作驢肝肺。⑧好心著雷劈

② 可憐她一片好心，卻被大家當成了驢肝肺，沒人理她。

⑧好心著雷劈

好樣兒的 hǎoyàngrde   **169**

1. 好榜樣（多指有骨氣、有膽量或有作為的人）。

例 好樣兒的，就憑這一點，你就夠格。

2. 有時用於反諷，表示出乎意料的；令人不滿意的。

例 這麼重要的會議，你竟然遲到了，真是好樣兒的。

耗 hào 170

拖延；雙方爭執不下、互不相讓。

例 ① 我真幫不上忙，你趕緊走吧，在我這兒耗著也沒用。

② 我今天就跟你耗上了，這事兒你不說清楚就沒完。

喝西北風 hē xīběifēng 171

沒有東西吃；忍飢捱餓。

例 ① 你再不去找工作，咱娘兒倆只能喝西北風了。

粵 食西北風

② 他寧可喝西北風，也不為五斗米折腰。 粵 食西北風

合計 héji 172

盤算；考慮；商量。

例 ① 大夥兒合計合計，看看這事該怎麼辦。 粵 斟吓

② 他們幾個合計了大半天，還是拿不定主意去哪兒旅遊。

粵 諗咗

黑燈瞎火 hēidēng-xiāhuǒ **173**

黑暗，沒有燈光。

例 ① 附近的路燈壞了，黑燈瞎火的，很不方便。粵黑麻麻

② 你大晚上不睡覺，黑燈瞎火的，跑到外面幹甚麼去了？粵黑麻麻

橫豎 héngshù **174**

1. 反正（表示在任何情況下都一樣）。

例 看來這次他是真的要辭職了，橫豎都留不住了。

粵無論點樣

2. 無論如何，指明情況或原因，表示肯定的語氣。

例 橫豎都趕不上了，急也沒用，機票趕緊改簽吧。粵橫掂

橫挑鼻子豎挑眼 héng tiāo bízi shù tiāo yǎn **175**

百般挑剔。

例 ① 她這兩天心情不好，回到家對我是橫挑鼻子豎挑眼。

粵嫌三嫌四

② 你看不上這家店的衣服就算了，別橫挑鼻子豎挑眼地找麻煩。粵嫌三嫌四

齁 hōu **176**

食物太甜或太鹹使喉嚨不舒服。

例 ① 湯裏的鹽放多了，齁鹹齁鹹的。

② 這家的糕點造型倒是獨特，就是太甜，齁嗓子。

猴年馬月 hóunián-mǎyuè 177

不可知的年月（通常針對事情遙遙無期，難以實現的情形而言）。

例 ① 就憑他那點兒工資，買房子還不知猴年馬月呢。

② 手頭兒上的活兒越來越多，猴年馬月也幹不完啊。

忽悠 hūyou 178

1. 設圈套欺騙（含有貶義）。

例 他哪是甚麼專家，就是一個忽悠人的保健品推銷員。

粵昆人

2. 花言巧語說服、煽動去做一件事情（多具有調侃玩笑的含義）。

例 你是換著花樣忽悠我換新手機啊。

胡謅 húzhōu 179

隨口亂說，瞎編。

例 ① 別聽他胡謅了，完全沒有的事兒。 粵亂噏

② 你這個請假的理由一聽就是順口胡謅的，漏洞百出。

粵亂作

糊弄 hùnong 180

1. 欺騙；蒙混。

例 跟他合作你得小心點兒，別讓他糊弄了。 粵呃

2. 將就;敷衍。

例 質檢機構審查很嚴格,你們可別想著糊弄事兒啊。

粵 求求其其

花裏胡哨 huālihúshào 181

1. 顏色過分鮮艷繁雜(多含貶義)。

例 這麼嚴肅的場合,你穿得花裏胡哨的不太合適。

粵 花哩花碌

2. 浮華而不實在。

例 農家樂的本地菜,沒有甚麼擺盤和花裏胡哨的東西,但是
味道特別好。

划不來 huábulái 182

不合算;不值得。肯定形式「划得來」。

例 ① 聖誕節期間電器肯定會打折,現在買划不來。

粵 唔化算

② 只要有轉正的機會,試用期工資少一點兒也划得來。

粵 化算

話把兒 huàbàr 183

話柄；別人談笑的話題。

例 ① 你別一抓住人家的話把兒就嘮叨個沒完。

② 小李稀裏糊塗幹下的傻事，成了別人談笑的話把兒。

話匣子 huàxiázi 184

原指留聲機、收音機。比喻話多的人。

例 ① 他這人就是一個話匣子，和他聊天兒，你根本插不上嘴。

② 說起他的企業創業史，老人家就像是關不住的話匣子，滔滔不絕。

慌神兒 huāngshénr 185

心慌意亂。

例 ① 股市稍微一震盪，小股民馬上就慌神兒了。

② 旅途中遇到麻煩千萬別慌神兒，冷靜才能解決問題。

晃悠 huàngyou 186

無所事事，四處閒逛。也說「晃蕩」。

例 ① 你下班不回家在大街上晃蕩甚麼呢？

② 人家不待見我，我就不在她面前晃悠了，省得自討沒趣。

火候（兒）huǒhou　187

1. 燒火的火力大小和時間長短。

例 炒這道菜的關鍵就是要掌握好火候。

2. 修養程度的深淺或造詣的高深。

例 作為一名年輕演員，塑造這麼複雜的角色，他還是欠點兒火候。

3. 緊要或恰當的時機。

例 公司計劃融資上市，我覺得目前火候還沒到。

和稀泥 huò xīní　也說「抹稀泥」　188

沒有原則、不分是非地調解或折中。

例 ① 我們兩個的矛盾是原則性的問題，你就別再和稀泥了。

② 這位訓導主任處理學生的糾紛一向賞罰分明，從不抹稀泥。

J

掃碼聽錄音

犄角（兒）旮旯兒 jījiǎo gālár　　189

角落或偏遠的地方。「犄角（兒）」或「旮旯兒」也可以單獨使用。

例 ① 打掃衛生時把犄角旮旯兒都清潔乾淨，別留死角。
　　粤 窟窿罅罅

② 這個弧形多用櫃，放在牆犄角正合適。　粤 角落頭

③ 他老家在偏僻的山旮旯兒裏，交通很不方便。

嘰嘰歪歪 jījiwāiwāi 也作「唧唧歪歪」 190

1. 說話或做事囉嗦繁瑣，不乾脆。

例 你嘰嘰歪歪催了多少遍了，真煩人。

2. 抱怨，發牢騷。

例 這事兒就這麼定了，我看誰敢再唧唧歪歪。

雞蛋裏挑骨頭 jīdàn li tiāo gǔtou 191

故意挑毛病。

例 ① 有些人對事對人總喜歡雞蛋裏挑骨頭，很難相處。

② 我對這批貨的質量很有信心，不怕他們雞蛋裏挑骨頭。

雞賊 jīzéi 192

1. 小氣、吝嗇；耍小聰明，上不得檯面。

例 那人看到商場在發免費試用品，就反覆排隊領取，特別雞賊。

2. 特別能算計；狡猾；暗藏私心。

例 小劉私心有點兒重，幹了很多雞賊的事，所以人緣兒不太好。

急扯白臉 jíchebáiliǎn 也說「急赤白臉」 193

因心裏著急，而臉色難看。

例 ① 教孩子要有耐心，瞧你那急扯白臉的樣兒，發那麼大脾氣幹嘛？

② 自由辯論環節，要有理有節有風度，切忌急赤白臉地交鋒。

急眼 jíyǎn 194

1. 發火、發脾氣（有時甚至會失控）。

例 他不允許別人反駁他的意見，誰反駁他就跟誰急眼。

2. 著急、焦急。

例 新品上市銷量不好，老闆能不急眼嗎？

擠對 jǐdui 195

1. 逼迫使屈從。

例 他是個有主見的人，你再怎麼擠對，他也不會盲從的。

2. 排擠。

例 你們幾個怎麼合夥擠對一個新人呢？太不厚道了吧。

3. 拿話欺壓、針對、諷刺人。

例 她哪是誇我，她那是拿話擠對我呢！

擠牙膏 jǐ yágāo 196

說話不爽快，經別人追問，才一點兒一點兒說出。

例 ① 有話你就痛痛快快地說，別在這兒擠牙膏。 粵唧牙膏
② 面對律師一連串地盤問，他像擠牙膏似的，半天才勉強
回答一句。 粵唧牙膏

加塞兒 jiāsāir 197

為了取巧而不守秩序，插入已經排好的隊伍中。

例 ① 堵車時，強行加塞兒的行為，很容易造成交通事故。
粵打尖

② 大家都在排隊，你怎麼加塞兒呢？到後面去。 ^粵打尖

家當（兒）jiā‧dàng　198

1. 家產；家中的物品。

例 奮鬥了一輩子，掙下這份家當我容易嘛！

2. 謀生的工具（特定語境下還指個人擁有的所有東西）。

例 這幾櫃子書就是我全部家當。

傢伙 jiāhuo　199

1. 工具或武器。

例 換了電腦，新傢伙好用，影片剪輯的效率提高了。

　　^粵架撐

2. 指人（常會含有親熱、輕視或厭惡的意味）。

例 ① 幾年不見，小傢伙越來越可愛了。

　　② 這個卑鄙的傢伙甚麼事都幹得出來。

3. 指動物（含有親熱的意味）。

例 這狗可機靈了，主人一回來，小傢伙就搖頭擺尾地獻殷勤。

相關口語詞

好傢伙 hǎojiāhuo

表示讚歎或驚訝。

例 好傢伙，他可真行！一口氣喝了三瓶汽水。

架不住 jiàbuzhù   200

1. 禁不住；受不住。

例 你天天通宵玩兒遊戲，再好的身體也架不住這麼折騰。

　　粵 頂唔住

2. 抵不上。

例 雖然他力氣大，但架不住對方會用巧勁兒，結果還是輸了。　粵 比唔上

架勢 jiàshi   201

1. 姿勢；姿態。

例 他覺得自己名校畢業，總是擺出一副高人一等的架勢。

2. 勢頭；形勢。

例 看這架勢，他們是不會善罷甘休的。

撿漏兒 jiǎnlòur   202

1. 尋找別人說話、做事的漏洞加以利用；抓別人的把柄。

例 這次輸球是因為我方後衛防守不力，被對方撿漏兒了。

2. 撿別人遺漏的有價值的東西（多指古舊文物）。

例 想在文物市場上撿漏兒，那得有古玩鑒別能力才行。

嚼舌 jiáoshé 也說「嚼舌頭」「嚼舌根」   203

信口胡說、搬弄是非；無謂地爭辯。

例 ① 我瞭解她，肯定不會是她亂嚼舌說出去的。

　　② 別浪費功夫和他們嚼舌頭，等調查結果公佈了，謠言就會不攻自破。

溜得很快或逃跑。

例 ① 帶頭鬧事的那群小混混，事敗後腳底抹油飛快地溜了。

　　② 你腳底抹油的功力見長啊！剛開完會，轉身你就沒
　　　影兒了。

攪和 jiǎohuo　　**205**

1. 混合；摻雜。

例 這人品行不怎麼樣，別和他攪和在一起。

2. 打擾，擾亂。

例 事情讓他這麼一攪和更糟了。

較真兒 jiàozhēnr 也作「叫真兒」   206

過分認真、認死理；不達目的不罷休的執著。

例 ① 不過是一句玩笑話，你至於這麼較真兒嗎？

② 主管是個叫真兒的人，不會輕易放過這個問題。

接茬兒 jiēchár   207

1. 接著別人的話頭說下去；搭腔。

例 她緊張地說不下去了，隊友趕緊接茬兒幫她解圍。

2. 一件事完了緊接著做另外一件事。

例 進入考試週後，大家都很忙，剛完成小組匯報，接茬兒就
要進行個人展示。

接地氣 jiē dìqì   208

原指與大地的氣息相接。比喻貼近老百姓的現實生活。

例 ① 這位作家的小說大多是描寫基層市民生活的，特別接地
氣。 粵貼地

② 這場講座一點兒都不接地氣，太多專業術語，好多人都
沒聽明白。 粵唔貼地

節骨眼兒 jiēguyǎnr   209

重要的時機、關鍵的時刻，緊要關頭。

例 ① 他故弄玄虛，說到節骨眼兒上突然停下來，吊大家的
胃口。

② 項目收尾的節骨眼上他突然辭職，搞得整個部門都措手
不及。

解乏 jiěfá 210

消除疲乏，恢復體力。

例 ① 忙了一上午，喝杯茶，解解乏。

② 睡覺前，用熱水泡泡腳，特別解乏。

筋道 jīndao 211

食物有韌性，耐咀嚼。

例 ① 手打魚丸兒筋道可口，深受食客喜愛。 粵彈牙

② 陝西八大怪之首——褲帶麵，一根麵條一大碗，筋道好吃。 粵煙韌

禁得起 jīndeqǐ 也常說「禁得住」 212

承受得住（多用於人）。否定式為「禁不起」「禁不住」。

例 ① 你放心，我意志堅定，禁得起任何考驗。

② 她脾氣再好，也禁不住你這麼無理取鬧。

J

緊著 jǐnzhe 213

1. 加緊（加快速度或加大強度）。

例 下星期就是集誦總決賽了，大家排練都緊著點兒，別鬆懈。

2. 緊縮、節省。

例 還有十來天才發工資呢，手裏這點兒錢得緊著點用。

3. 先滿足最需要的。

例 醫院床位有限，先緊著急需治療的病人入院。

力氣。引申為作用、效力。

例 剛拔完牙，麻藥勁兒沒過，半邊臉還沒有感覺。

相關口語詞

① 不對勁（兒）bù duìjìn

不稱心合意；不合適；不正常或不符合常理。

例 他最近的精神狀態還不錯，沒有甚麼不對勁的地方。

粵 唔對路

② 得勁（兒）déjìn

口語中常說 děijìn。舒服合適；順手好用；滿意。反義詞是「不得勁（兒）」。

例 ① 拐杖真不錯，既輕便又防滑，用著特別得勁。

② 這句話讀起來怎麼那麼不得勁？太拗口了。

③ 費勁（兒）fèijìn

費力。

例 小玲英語不太好，看英文小説特別費勁。粵 嘥氣力

④ 較勁（兒）jiàojìn

與人作對；鬧彆扭。也作「叫勁」。

例 辦公室有兩位同事特愛較勁，一點兒小事兒就爭論不休。

⑤ 來勁（兒）láijìn

情緒高，興致濃；使人振奮。也說「起勁（兒）」。

例 ① 演唱會現場氣氛熱烈，比在家看電視轉播來勁多了。

② 換了一個新環境，他對甚麼事都覺得新鮮，幹起活兒來也很起勁。

J

⑥ **鉚勁兒 mǎojìnr**

集中力氣，一下子使出來。

例 為了能完成銷售指標，整個團隊都鉚著勁兒地推銷產品。

⑦ **一個勁兒 yīgejìnr**

不停地連續下去。

例 不小心把人家撞倒了，他一個勁兒地向對方道歉。

勁頭（兒）jìntóu　215

1. 積極的情緒。

例 我晨跑的勁頭越來越大，已經堅持半年多了。

2. 神情、態度。

例 你真的成熟了很多，那得理不饒人的勁頭消失了。

精神 jīngshen　216

1. 表現出來的活力。常用「精神頭兒」來表示活力和勁頭。

例 ① 下午喝了濃茶，半夜兩點了還特精神，毫無睡意。

② 大專生舞蹈匯演，學生們情緒高漲，個個精神頭兒十足。

2. 活躍；有生氣。

例 團隊又攻克了一大技術難題，大家越幹越精神。

3. 英俊；相貌、身材好。

例 剪了短頭髮，你看起來真精神。

究根兒 jiūgēnr 217

追問事情的來龍去脈；追究根源。

例 ① 這件事我不想再究根兒了，當交學費算了。

② 供電局經過排查，終於究到故障的根兒，很快恢復了供電。

揪心 jiūxīn 218

擔心、掛心；焦慮；難受；恐懼。

例 ① 這部小說女主角的悲慘經歷讓讀者特別揪心。

② 醫生說孩子的病情嚴重，爸媽的心一下子就揪起來了。

捲鋪蓋 juǎn pūgai 219

舊時外出打工都自帶行李，被解僱時要帶著自己的行李離開，叫作「捲鋪蓋」，也就是粵語「執包袱」。而「炒魷魚」一詞是因為魷魚一炒就捲起來，像是捲鋪蓋。三個詞都指被解僱或辭職。

例 ① 這次的失誤還可以彌補，老闆不會叫你捲鋪蓋的。

粵 執包袱

② 看不到公司的前景，有的員工已經捲鋪蓋走人了。

粵 執包袱

有特色的拿手本領；絕技。

例 ① 有一手絕活兒，就不怕沒飯吃。

　　② 達人選秀節目中，選手們紛紛亮出各自的絕活兒。

開涮 kāishuàn   221

開玩笑；取笑，尋開心。「涮」引申為要弄。

例 ① 相聲演員表演時總喜歡拿搭檔開涮。

　　② 我這三腳貓的功夫哪能登台表演呢，您就別拿我開涮了。

開小差（兒）kāi xiǎochāi   222

1. 原指軍人臨陣逃跑，泛指擅自離開崗位。

例 晚飯還沒做，傭人卻開小差不知道跑哪去了。

2. 思想不集中，做事不專心。

例 你最近成績下降這麼多，是不是上課經常開小差？ 粵 遊魂

開小灶（兒）kāi xiǎozào   223
也說「吃小灶（兒）」

「小灶」指做得比較精細的飯食。「開小灶（兒）」比喻享受
特殊的照顧。

例 ① 為了讓成績差的同學趕上學習進度，老師利用午休時間
　　給他們開小灶補課。

　　② 吃了您這位技術權威給我們開的小灶，我們的設計方案
　　一定會更完善了。

K

開夜車 kāi yèchē　224

為了工作或學習的需要而熬夜。

例 ① 平時好好學習，別總在臨考前開夜車。

② 編輯催得緊，這位作家連開了幾天夜車趕稿子。

坎肩（兒）kǎnjiān　225

夾的、棉的或毛線織的背心。

例 ① 香港的冬天越來越暖了，一件羽絨坎肩就可以過冬了。

② 媽媽本來想給我織一件毛衣，可毛線不夠了，就改織坎
肩了。

坎兒 kǎnr　226

1. 最緊要的關頭。

例 過了高燒這道坎兒，手術就成功了。

2. 不容易克服的困難。

例 你先別急，辦法總會有的，沒有過不去的坎兒。

侃大山 kǎn dàshān 也作「砍大山」 227

「侃」指閒談;閒聊。

1. 漫無邊際地聊天兒;閒聊。

例 幾位老大爺經常聚在小區附近的公園裏侃大山。 粵吹水

2. 高談闊論(帶有吹牛的意味)。

例 他只有砍大山的本事,一件正事兒也沒辦成過。

粵吹水唔抹嘴

砍價 kǎnjià 228

討價還價。

例 ① 照您這麼砍價我們小本兒買賣可受不了。 粵講價

② 大家要小心網絡上幫人砍價的鏈接,以免墮入騙局。

烤串（兒）kǎochuàn 229

用炭火或電熱烤熟的成串兒的食物。「擼串（兒）」指吃
烤串。

例 ① 你別老吃烤串,
烤的東西吃多了
不健康。

② 學校附近新開了
一家燒烤店,同
學們多了一個擼
串的地方。

K

80

靠邊兒站 kàobiānr zhàn 230

站到旁邊去；比喻離開職位或失去權力。

例 ① 你別在我跟前晃悠，靠邊兒站，別耽誤我幹活兒！

粵 企埋一邊

② 這次工作失誤，局長靠邊兒站了，副局長頂上來了。

磕巴 kēba 也說「磕磕巴巴」 231

說話不流利或口吃。

例 ① 這一遍你朗讀得真不錯，一點兒都沒磕巴。 粵 口窒窒

② 她只要一緊張，說話就磕磕巴巴的。 粵 口窒窒

可不 kěbù 也說「可不是」 232

附和、贊同對方的話。

例 ① 聽到別人幫兒子作證，媽媽趕緊附和：「可不，這一定是誤會。」 粵 咪就係

② 可不是，再不重視環保，地球暖化現象會越來越嚴重。

粵 咪就係

K

可著 kězhe 233

1. 在有限的範圍內達到最好的效果。

例 咱們可著這些錢，買部性價比最高的電腦。

2. 使勁，力求達到最大限度。

例 這片果園的草莓非常甜，你可著勁地吃吧。

吭聲（兒）kēngshēng 也說「吭氣（兒）」 234

出聲、說話（多用於否定式）。

例 ① 大家都發表意見了，你也吭個聲吧。

② 被人欺負不敢吭氣，只會助長惡行。

摳門兒 kōuménr 也說「摳搜」「摳唆」 235

捨不得財物；小氣；吝嗇。

例 ① 獎金你最多，請大家喝下午茶還推三阻四的，太摳門兒
了！ ⑧孤寒

② 這麼大一張宣紙就寫兩個字，還寫得摳摳搜搜的，不夠
大氣。 ⑧小器

摳字眼兒 kōu zìyǎnr 236

說話或寫作講究字句的使用。挑剔話語、文章字句的
毛病。

例 ① 人家發表意見，你老摳人家的字眼兒，真沒勁！
⑧捉字蝨

② 教授對論文要求很嚴謹，不理解的學生會覺得教授故意
摳字眼兒。 ⑧捉字蝨

口子 kǒuzi 237

1.（山谷、水道等）大的豁口。

例 為了研究地質地貌，不少科學家都曾琢磨過要給喜馬拉雅
山開個口子。

2.（人體、物體表層）破裂的地方。

例 削蘋果時，不小心把手劃了一道口子。

3. 與「那、這」連用，稱說自己或別人的配偶。

例 我們家那口子做飯的手藝可是沒得説，有空兒過來吃飯，
讓他露兩手。

窟窿眼兒 kūlongyǎnr 238

小窟窿；小孔。

例 ① 大門上的這個窟窿眼兒是裝防盜鏡的嗎？ 粵 窿
② 家裏新買的布藝沙發，沒幾天就被貓抓了好多窟窿眼兒。
粵 窿

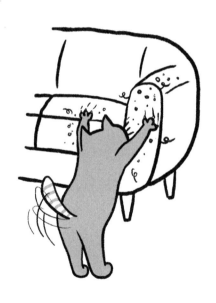

拉扯 lāche　　239

1. 辛勤撫養。

例 美國一位媽媽生了八胞胎，真不知道她怎麼才能把孩子拉扯大。 粵湊大

2. 扶助；提拔。

例 導師願意拉扯你，是因為你肯付出努力。

3. 牽扯；牽涉。

例 這件事是我做的決定，出了問題不會把你拉扯進來的。

4. 勾結；拉攏。

例 他拉扯了幾位同事一起辭職，另開了一家工作室。

5. 閒談。

例 我不跟你拉扯了，家裏還有好多事兒呢。

L

拉倒 lādǎo　　240

算了；作罷。

例 ① 這麼好的東西，你不要拉倒，我留著自己用。 粵罷就

② 你可拉倒吧。就你這點兒小心思誰看不出來啊？

粵算罷啦

來火（兒）láihuǒ 241

生氣。

例 ① 你不提這事兒還好，一提我就來火。 粵扯火

② 他發現女朋友偷看他的手機，一下子就來火了。 粵扯火

來事（兒）láishì 242

善於處理人際關係，交際能力強；懂得察言觀色，待人接物能靈活應變。

例 ① 他口齒伶俐，很會來事兒，銷售簽單的成功率很高。

② 婆婆一進門，兒媳婦就把熱茶遞到了她手裏，家人都誇她會來事。

來著 láizhe 243

表示曾經發生過甚麼事情。

例 ① 他下課想找你來著，但突然有事，就先走了。

② 我剛才想說甚麼來著，被你一打岔就忘了。

老本（兒）lǎoběn 244

最初的本錢或資本。比喻原有的基礎或過去的成績。

例 盲目投資，有可能掙不著錢，還會把老本都賠進去。

相關口語詞

吃老本（兒）chī lǎoběn

只憑已有的資歷、功勞、本領過日子，不求進取。

例 這家企業近幾年一直在吃老本，注定會被市場淘汰。

粵食穀種

老皇曆 lǎohuángli 245

陳舊過時的規矩。「皇曆」，曆書，又稱「黃曆」，是指按照一定曆法排列年、月、日、節氣、紀念日等供查考的書。在封建帝王時代，皇曆由皇帝頒佈，所以稱之為「皇曆」。

例 ① 你說的那些都是老黃曆了，早就該翻篇兒了。

② 我們要與時俱進，別讓老黃曆的條條框框束縛著。

老黃牛 lǎohuángniú 246

老老實實、勤勤懇懇工作的人。

例 ① 咱們要發揚老黃牛精神，勤勤懇懇地工作。

② 在崗三十年，他一直埋頭苦幹，是個不折不扣的老黃牛。

雷人 léirén 247

表示出乎意料，使人震驚。

例 ① 靠出位的舉止，雷人的言行成為網紅，是不會長久的。

② 為吸引讀者，報章上時不時就會出現一些雷人的標題。

愣 lèng **248**

1. 失神；發呆。

例 你還在那兒愣著幹甚麼，趕緊過來幫忙啊。

⑧ 發吽哂

2. 形容說話做事不考慮後果；魯莽。

例 小尹開車特別愣，我坐過一次，全程都提心吊膽的。

3. 偏偏；偏要。

例 兒子處於叛逆期，你越不讓他做甚麼，他就愣要做甚麼。

⑧ 硬係

相關口語詞

愣是 lèng·shì

硬是；竟然。

例 迎面走來的那個人特別面熟，可我愣是想不起來他是誰。

⑧ 硬係

利落 lìluo 也說「利索」 **249**

1.（言語、動作）靈活敏捷，不拖泥帶水。

例 那位跳水運動員落水動作真利落，水花很小。

2. 整齊有條理。

例 開飯啦！快把桌子上的東西收拾利落。

3. 妥當；完畢。

例 你的感冒還沒有好利索，多歇兩天吧。

L

臉紅脖子粗 liǎn hóng bózi cū　250

形容發急、發怒或激動時的樣子。

例 ① 雞毛蒜皮的小事兒，至於爭得臉紅脖子粗的嗎？

　② 兩位乘客為了一個座位，臉紅脖子粗地吵了半天。

兩下子 liǎngxiàzi　251

1. 表示動作進行了幾次。

例 聽說你最近在學柔道，咱倆比劃兩下子？

2. 常與動詞「有」搭配，指有些本領或技能。

例 張師傅一聽汽車引擎的聲響，就知道哪裏出了問題，真有
兩下子。 粵有料到

兩眼一抹黑 liǎng yǎn yī mǒ hēi　252

對周圍情況、事物一無所知。

例 ① 我初入股市，兩眼一抹黑，你就是我的股神。

　　粵盲摸摸

　② 初來乍到，不能兩眼一抹黑地做事，要先瞭解瞭解情
況。 粵盲摸摸

L

料子 liàozi　253

比喻適於做某種事情的人才。

例 ① 你五音不全，不是唱歌的料子，別做明星夢了。

　② 他從小就是讀書的料子，現在博士都讀出來了。

撽挑子 liào tiāozi　　254

丟下應該負責的工作，甩手不幹。「撽」：放下、拋棄。「挑子」原指扁擔和它兩頭所挑的東西，用來比喻負責的工作或任務。

例 ① 任務完成一半，他就撽挑子不幹了，太沒責任心了。

　　② 這裏環境太艱苦，很多人來了沒幾天就撽挑子走人了。

臨了（兒）línliǎo　　255

到最後；到末了。

例 ① 孩子們想在父親節給爸爸一個驚喜，臨了還是露餡兒了。

　　粵藐尾

　　② 台慶的節目豐富多彩，臨了所有藝人合唱了一曲《東方之珠》。 粵藐尾

溜邊（兒）liūbiān　　256

1. 靠著邊。「溜」指順著；沿著。

例 你剛學溜冰，先扶著欄杆溜邊練吧。

2. 遇事躲在一旁，不參與。

例 他性格內向，小組活動總是溜邊。

遛彎兒 liùwānr 也說「蹓彎兒」　　257

散步。

例 ① 飯後蹓蹓彎兒，是很好的養生方法。

　　② 你跑哪兒遛彎兒去了，大家等你開會呢。

露怯 lòuqiè　258

因為缺乏知識、技能或經驗，言談舉止發生可笑的錯誤。

例 ① 想學好外語，就要臉皮厚一點兒，不能怕露怯。

② 課前準備不足，講課時遇到學生提問很容易露怯。

露餡兒 lòuxiànr　259

比喻不願意讓人知道的事暴露出來。

例 ① 謊話說多了，遲早會露餡兒的。 粵穿煲

② 我打算向女朋友求婚，你可要保守秘密，別在她面前說露餡兒了。 粵穿煲

捋 lǚ　260

指用手指順著抹過去，使物體順溜或乾淨。比喻梳理；整理。

例 ① 瞧你頭髮亂的，捋一捋吧。

② 就快考試了，抓緊時間把重點內容捋一遍。

L

掃碼聽錄音

麻利 máli　261

身手敏捷；動作迅速。

例 ① 小李幹活真麻利，沒一會兒就把房間打掃乾淨了。

　　粵 爽手

　　② 孩子們都餓了，你趕快麻利地把飯做出來吧。

馬大哈 mǎdàhā　262

粗心大意；粗心大意的人。

例 ① 這道題你連題目都看錯了，也太馬大哈了。

　　② 你的水壺都丟了多少個了，整天丟三落四的，真是個馬大哈。　粵 大頭蝦

忙叨 mángdao 也說「忙忙叨叨」　263

匆忙；忙碌。

例 ① 你這幾天東跑西顛的，忙叨甚麼呢？

　　② 一大早忙忙叨叨地趕著上班，連早餐都沒時間吃。

M

忙乎 mánghu 也說「忙活」 264

忙碌地做。

例 ① 他退休後做義工，比上班時還忙乎。

② 大家忙活了一天，總算把場地佈置好了。

貓兒膩 māornì 265

1. 指隱秘的或曖昧的事。

例 你倆之間的那點兒貓兒膩大夥兒都知道了，以後就別遮遮掩掩了。 粵景轟

2. 花招兒。

例 一聽就知道他們在玩兒甚麼貓兒膩，咱們可別上當。 粵景轟

貓腰 māoyāo 266

彎腰。

例 ① 洞口非常小，貓著腰才能進去。

② 奶奶上了年紀，走路有點兒貓腰了。

M

92

冒尖（兒）màojiān　267

1. 裝滿東西而且稍高出容器。

例 女兒難得回家吃頓飯，爸爸給她盛的飯都冒尖了。

2. 突出；露出苗頭。

例 孩子小學時的成績很一般，到了中學就開始冒尖了。

沒心沒肺 méixīn-méifèi　268

1. 形容不動腦筋，沒有心計。

例 你説話老這麼沒心沒肺的，又得罪人了吧？

2. 沒有良心。

例 你真夠沒心沒肺的，奶奶病了這麼長時間，你也不去看看。　粵冇心肝

沒轍 méizhé　269

沒有辦法。

例 ① 這個技術難題已經研究了很久都沒解決，我是真沒轍了。　粵冇計

② 坐在旁邊盯著他寫作業，他還是不專心，真拿他沒轍了。　粵冇咗符

M

門兒 ménr　270

做事的訣竅、門路或途徑。常用的搭配有「摸門兒」「有門兒」「沒門兒」。

例 ① 聽他的口氣，估計這事兒有門兒了。

② 你想開店做生意，先去摸摸門兒，把行情搞清楚。

❶ 後門（兒）hòumén

比喻通融或舞弊的途徑。常說「開後門（兒）」「走後門（兒）」。

例 市長光明磊落非常正直，誰也別想走後門。

❷ 沒門兒 méiménr

不同意；不可能；沒有門路。

例 作業沒寫完就想看電視？沒門兒！ 粵冇得傾

M

門道 méndao 也說「門路」　　271

做事的訣竅；解決問題的途徑。

例 ① 選擇裝修材料大有門道，不像你想的那麼簡單。

　　② 投資理財沉沉浮浮這麼多年，多少也摸到了一點兒門路。 粵路數

門臉兒 ménliǎnr 272

指街道旁邊的商店或商店的門面。

例 ① 在大城市開個小門臉兒，挺不容易的，主要是租金太貴
了。 粵街舖

② 繁華的大街上偶爾也會發現簡陋的門臉兒，這種店多數
簽的是短期租約。

粵街舖

門兒清 ménrqīng 273

瞭解得非常清楚；很懂行。

例 ① 新主任上任不到一個月，就把各個部門摸得門兒清。

② 要不是我對物流業的操作流程門兒清，包裹就找不回
來了。

名堂 míngtang 274

1. 花樣；名目。

例 咱們去看看今年的年宵市場有甚麼新名堂。

粵花臣

2. 成就；結果。

例 他在這個領域努力了多年，終於幹出了一些名堂，成了業
內的專家。

3. 道理；內容。

例 幸好有您的指點，我還真沒想到這裏面還有名堂呢。

M

明擺著 míngbǎizhe　　275

明顯地擺在眼前，容易看得清楚。

例 ① 明擺著是你做錯了，就別解釋了，趕快想辦法補救吧。

　　🔘 擺明

　② 這個項目明擺著難度挺大，要不要做，大家好好商量商量。

摸黑兒 mōhēir　　276

在黑夜中摸索著（行動）。

例 ① 突然停電，只能摸黑兒找蠟燭。

　② 資訊科技部起早摸黑兒地幹了兩天，終於按計劃提升了網絡環境的安全水平。

摸著石頭過河 mōzhe shítou guòhé 277

比喻在摸索中前進，或探索著積累經驗。

例 ① 沒時間摸著石頭過河慢慢探索了，要趕快找一位業內專家取取經。

② 這種新型傳染病目前沒有針對性的藥物，醫生只能摸著石頭過河，不斷嘗試有效的治療方法。

磨 mó 278

做事拖延；消耗時間。相關延伸詞有「磨蹭」「磨洋工」「磨工夫」。

例 ① 他工作不認真，天天坐在辦公桌前玩兒手機，就是為了磨時間。 粵 捱時間

② 再不出發就遲到了，你還在這不緊不慢地收拾東西，真夠磨蹭的。 粵 咪咪摩摩

③ 只要上司不監督，這些人就開始磨洋工。

相關口語詞

磨人 mórén

沒完沒了地糾纏。

例 這個客戶很磨人，設計圖改了三稿還是不滿意。

M

磨 mò 279

轉變；轉彎。

例 和你解釋了半天，你怎麼還是磨不過這道彎呢？

磨不開 mòbukāi

1. 面子上過不去。

例 別在大庭廣眾下訓孩子，他磨不開面子會覺得難堪的。

2. 害羞；不好意思。

例 你有甚麼困難和大家説，都是一個部門的同事，沒甚麼磨不開的。

3. 想不通。

例 老林是個明白人，我有甚麼磨不開的事，就去找他聊聊。

粵 諗唔通

磨叨 mòdao　280

1. 反覆地說。

例 讓孩子專心複習，你就別在她旁邊磨叨了。 粵 吟沉

2. 談論。

例 一到午休時間，大家就開始磨叨最近熱播的電視劇。

磨嘰 mòji　281

1. 翻來覆去地說。

例 老兩口兒總在兒子耳邊磨嘰，催他趕緊結婚。 粵 吟沉

2. 做事拖拉；行動遲緩。

例 吃個飯都這麼磨嘰，飯都要涼了，還不快點兒吃！

粵 咪咪摩摩

M

掃碼聽錄音

拿架子 ná jiàzi 也說「擺架子」　282

指自高自大，為顯示身份而裝腔作勢。

例 ① 首長和藹可親，經常探訪基層，從不拿架子。

　　粵擺款

② 前兩天還說退休了過不慣清閒的日子，現在人家想聘請
你擔任顧問，你倒擺起架子來了。 粵擺款

拿腔拿調 náqiāng-nádiào　283

說話時故意裝出某種聲音、語氣；做作，不自然。

例 ① 你朗誦時自然點兒，別拿腔拿調的那麼誇張。

　　粵作狀

② 看著經理拿腔拿調地教訓新員工，大家忍不住直撇嘴。

拿……說事兒 ná……shuōshìr　284

用某件事做文章。

例 ① 你老拿我健忘說事兒，不就忘了帶鑰匙嘛。

② 先把自己的問題解決好，別總拿人家的不足來說事兒。

哪壺不開提哪壺 nǎ hú bù kāi tí nǎ hú 285

說話或做事有意無意地觸及別人的隱私或缺點，使人尷尬或不快。

例 ① 瑤瑤最怕別人說她胖，你還哪壺不開提哪壺地讓她減肥，成心的吧？

② 煥庭最近失戀了，情緒低落，你待會兒見到他，千萬別哪壺不開提哪壺啊。

納悶兒 nàmènr 286

疑惑不解。

例 ① 說好了六點半集合，我納悶兒都七點了她怎麼還沒來？

② 昨天她還堅決反對我們的提議，今天態度一百八十度大轉彎，真讓人納悶兒。

鬧哄 nàohong   **287**

1. 吵鬧；喧鬧。

例 你們幾個怎麼在病房裏鬧哄，安靜點兒，病人需要休息。

2. 很多人一起忙碌地做事。

例 同學們鬧哄了一整天，校園義賣活動圓滿落幕。

相關口語詞

鬧哄哄 nàohōnghōng

人聲雜亂，喧鬧。

例 班主任一進門，鬧哄哄的教室立刻就鴉雀無聲了。

鬧騰 nàoteng   **288**

1. 吵鬧；擾亂。

例 樓下那群人太鬧騰了，吵得我根本睡不著覺。

　　⑧嘈喧巴閉

2. 說笑打鬧。

例 大夥兒去他家玩兒，鬧騰到三更半夜才散場。

3. 弄；折騰。

例 這事兒分明就是你們幾個鬧騰出來的，不要怪到別人身上。

鬧心 nàoxīn   **289**

心情不好；煩心。

例 ① 這事兒你別鑽牛角尖，就不會鬧心了。

　　② 小周這幾個月一直在為新房子裝修的事兒鬧心。

膩歪 nìwai 也說「膩味」 290

1. 因為次數過多或時間過長而感到無聊，厭煩，甚至厭惡。

例 甜言蜜語說多了，讓人聽得膩歪。

2. 形容兩個人關係非常好，總是很親近地呆在一起。常用於一男一女。

例 小夫妻新婚不久，恨不得整天都膩味在一起。

蔫（兒）niān 291

原指植物失去水分而萎縮。

1. 無精打采；精神不振。有關的口語詞：「打蔫兒」「蔫頭耷腦」。

例 ① 這孩子沒睡午覺，現在開始打蔫兒了。

② 家朗跑完馬拉松，累得蔫頭耷腦的，說話的力氣都沒有了。

2. 不聲不響；悄悄。有關的口語詞：「蔫兒壞」「蔫兒淘」。

例 ① 不記得你小時候蔫兒淘的事兒了？我還替你揹過黑鍋呢。

② 別看他一副老好人的樣子，其實蔫兒壞蔫兒壞的，和他處事得小心點兒。

黏糊 niánhu 　　　　292

1. 形容東西黏稠。

例 新買的小米質量不錯,熬出來的粥很黏糊,口感好。

　粵 杰撻撻

2. 行動遲緩,做事不利索、不爽快。也說「黏糊糊」。

例 你做事這麼黏糊,怪不得每天都要加班加點。

3. 關係親密。

例 她們倆是閨蜜,感情特別好,一有時間就黏糊在一起。

　粵 糖黐豆

撵 niǎn 　　　　293

1. 驅趕。

例 再鬧事兒,我就把你撵出去!

2. 追趕。

例 能不能慢點兒走,我在後面小跑都撵不上你。

念叨 niàndao 也作「念道」 　　　　294

1. 由於惦記或想念而經常提起。

例 劉奶奶經常念叨在國外讀書的孫女。

2. 談論;說。

例 這事一言難盡,找時間我和你好好念道念道。

念想兒 niànxiangr 295

思念的事物，紀念品。

例 ① 這幅畫兒是爺爺留給她的一個念想兒。

② 我每次出去旅行，都會給自己寄一張明信片，老了這些都是念想兒。

擰巴 nǐngba 296

1. 衣服等東西不平整。

例 你的衣服是不是穿反了？怎麼看著這麼擰巴。

2. 彆扭；不順。

例 挺好的一件事，讓他這麼一摻和就變擰巴了。

牛 niú 297

本領大，實力強。

例 ① 她這麼年輕就拿了奧運金牌，真牛！

② 這個人琴棋書畫樣樣精通，實在是一個牛人。 粵犀利

拗 niù 298

固執；不順從。

例 你脾氣這麼拗，讓別人怎麼和你相處？ 粵硬頸

相關口語詞

拗不過 niùbuguò

無法改變（他人堅決的意見）。

例 孫大爺病情剛穩定就吵著要出院，兒女們拗不過他。

挪窩兒 nuówōr 299

離開原來所在的地方；搬家。

例 ① 你在這個崗位幹了五年，想不想挪挪窩兒啊？

② 胡同兒裏的一些老人不願意挪窩兒，因為捨不得融洽的鄰里關係。

N

拍腦袋 pāi nǎodai 也說「拍腦門兒」 300

沒有經過慎重考慮，全憑主觀想象或一時衝動，就輕率地做決策或出主意。

例 ① 他拍腦袋出的主意不靠譜兒，還得另外想辦法。

② 大學選專業關係到你的職業發展，怎麼能拍腦門兒做決定呢？

拍磚 pāizhuān 301

在網絡上發表比較強烈的不同看法或批評意見。

例 ① 當紅明星索要天價片酬的帖子，遭到眾多網友拍磚指責。

② 網上虛假消息很多，看看熱鬧算了，別跟著瞎起哄亂拍磚。

派頭（兒）pàitóu 302

氣派；氣勢。

例 ① 這款新車設計得很有派頭，最近銷量很好。 粵架勢

② 別看那位導演很年輕，出席電影節倒是派頭十足。

（粵）架勢

攀扯 pānchě　303

牽連拉扯（其他的人或事）。

例 ① 先把你自己的問題交代清楚，別攀扯別人。（粵）拉落水

② 隨著盜竊案深入偵查，又攀扯出另一起貪污案件。

刨根兒問底兒 páogēnr-wèndǐr　304

比喻追究底細。

例 ① 科學研究需要有刨根兒問底兒的探索精神。

② 這小孩兒好奇心重，遇到甚麼問題都喜歡刨根兒問底兒。

（粵）打爛沙盆問到篤

泡病號（兒）pào bìnghào　　305

藉故稱病不上班，或小病大養。

例 ① 老潘沒啥大病，可他這病號一泡就是好幾個月不上班。

② 醫生護士照顧得很細心，趙大爺賴在醫院裏泡病號都不想回家了。

泡湯 pàotāng　　306

計劃或希望落空。

例 ① 臨時被安排出差，本來計劃好的旅行泡湯了。 粵凍過水

② 如果明天趕不回去簽合同，那這筆生意就要泡湯了。
粵攪喎

炮筒子 pàotǒngzi　　307

比喻性情急躁、心直口快（的人）。

例 ① 爺爺是個炮筒子，奶奶總是以柔剋剛，減少了很多生活中的摩擦。 粵炮仗頸

② 你這炮筒子的脾氣，很容易得罪人，説話能不能委婉點兒？ 粵炮仗頸

碰瓷（兒）pèngcí　　308

1. 故意讓人弄壞自己的東西或傷到自己，藉機訛詐。

例 你看旁邊那輛車，老往我們這邊蹭，小心他碰瓷。

2. 把自己跟知名人士或熱點新聞綁在一起進行炒作，以提升自己的關注度。

例 美容院藉機碰瓷明星進行虛假宣傳，被告上法庭。

碰一鼻子灰 pèng yī bízi huī　309

比喻遭到拒絕或斥責，落得沒趣。也說「抹一鼻子灰」。

例 ① 他滿懷自信地去應聘，結果卻碰了一鼻子灰。

　② 我怕在院長那兒抹一鼻子灰，根本沒敢吭聲。

坯子 pīzi　310

1. 沒有經過燒製或加工的半成品。

例 這把鑰匙坯子不夠硬，用了幾次就變形了。

2. 比喻具有某種特質或未來適合做某類事的人。

例 她從小就是個美人坯子，當演員是她的夢想。

劈頭蓋臉 pītóu-gàiliǎn 也說「劈頭蓋腦」　311

形容來勢兇猛。

例 ① 冰雹劈頭蓋腦地砸下來，路人慌忙找地方躲避。

　② 孩子犯了錯，你這麼劈頭蓋臉地罵一頓能解決問題嗎？

皮 pí　312

1. 頑皮。

例 想不到這個當年的皮丫頭現在當了中學校長了。　粵奀皮

2. 由於受斥責或責罰次數過多而感覺無所謂。

例 這孩子調皮搗蛋，三天兩頭就被班主任叫去辦公室，現在都被說皮了。

3. 酥脆的東西受潮後變韌、變軟。

例 今早買的油條，中午就皮了，不好吃了。　粵腍咗

皮實 píshi 313

1. 身體結實，不易得病。

⑩ 他每天風裏來雨裏去地送外賣，很少生病，身子挺皮實的。 ⑨硬淨

2. 器物耐用不易破損。

⑩ 仿實木傢具不但價錢便宜，而且防潮防蟲，不易變形，比實木傢具皮實耐用多了。 ⑨襟用

平白無故 píngbái-wúgù 314

無緣無故。

⑩ ① 你心情不好，幹嘛平白無故地對我發脾氣？ ⑨無啦啦
② 小余平白無故請你吃飯，她肯定有事請你幫忙。
⑨無啦啦

撲騰 pūteng 315

1. 肢體的活動或心跳加速。

⑩ 看到失足落水的女孩兒在湖裏撲騰，路人趕緊跳下去救人。

2. 活動；折騰。

⑩ 他心眼兒活，又能撲騰，沒幾年就把小作坊經營得有聲有色。

3. 揮霍；浪費。

⑩ 老邱早年積累下的資本，這幾年在投資市場撲騰得已經所剩無幾了。

譜 pǔ

記載事物類別或系統的書冊。

相關口語詞

❶ 擺譜兒 bǎipǔr

講究排場；顯示派頭；擺門面；擺架子。

例 他喜歡擺譜兒，一吃飯就點一大桌子菜，真浪費。

❷ 靠譜兒 kàopǔr

說話或做事合乎大致的情理。否定式為「不靠譜兒」。

例 ① 新同事辦事穩妥靠譜兒，上司對他連連稱讚。

　② 經紀人說這隻基金回報率高達 10%，我覺得有點兒不靠譜兒。 粵 靠唔住

❸ 離譜兒 lípǔr

說話或做事過分，或不合公認的準則。

例 你這個項目預算太離譜兒了，上頭是不會批的。

❹ 有譜兒 yǒupǔr

瞭解情況，心中有大致的計劃。否定式為「沒譜兒」。

例 活動怎麼搞？規模多大？你心裏要有個譜兒。 粵 有分數

P

七老八十 qīlǎobāshí 317

七八十歲，指年紀很大。

例 ① 你以為爺爺七老八十就糊塗了？他可比你還精明呢！

② 別看老人家已經七老八十了，健身游泳可一點兒都不輸年輕人。

起哄 qǐhòng 318

1.（許多人一起）故意胡鬧；搗亂。

例 課堂上一個孩子搗亂，旁邊的幾個孩子也跟著起哄。

2. 許多人取笑某一兩個人。

例 別人拿我開心也就算了，你起甚麼哄，真不夠朋友。

3. 湊熱鬧。

例 旅途中，大家都起哄讓導遊唱歌。

起眼兒 qǐyǎnr 319

看起來醒目，引人注目（多用於否定式）。

例 ① 這家餃子舖門臉兒不起眼兒，但用料新鮮，味道好，門
口天天排大隊。

② 一些看起來不起眼兒的細節，往往是決定事情成敗的
關鍵。

掐 qiā 320

1. 用虎口使勁按住；用指尖使勁捏或截斷。

例 郊遊的時候，她在路邊掐了朵小花戴在頭上。

2. 爭鬥。

例 你倆都多大了，還能為這點兒小事兒掐起來。

掐頭去尾 qiātóu-qùwěi 321

原指除去前頭後頭兩部分。比喻刪除無用的或不重要的
內容。

例 ① 你別相信這段錄音，肯定是掐頭去尾做了剪輯。

② 長篇小説被編劇掐頭去尾進行了改編，搬上銀幕。

卡脖子 qiǎ bózi 322

比喻抓住要害，置對方於死地。

例 ① 救災隊疏通了卡脖子的路段後，物資才能迅速送到災區。

② 高端芯片卡住了電子行業發展的脖子，必須加快自主研發的步伐。

搶嘴 qiǎngzuǐ 323

搶先說話。

例 ① 你別搶嘴，先聽他說完，有甚麼意見一會兒再說。

② 老陳剛想開口，小敏就趕緊搶嘴岔開了話題。

敲竹槓 qiāo zhúgàng 324

利用別人的弱點或找藉口抬高價格或索取財物。

例 ① 這裏雖說是遊客購物區，但當地人不會漫天要價敲遊客的竹槓。 粵掠水

② 我們早就簽了合同，你現在要多收一筆附加費，分明是在敲竹槓。 粵掠水

翹尾巴 qiào wěiba 325

驕傲自大。

例 ① 你升職了，更要謙虛謹慎，不要翹尾巴。 粵得戚

② 師父一誇你，你就翹尾巴了，小心驕傲使人退步。 粵得戚

曲裏拐彎（兒）qūliguǎiwān 326

彎彎曲曲。

例 ① 圖片上那些曲裏拐彎的線條讓人看得眼花瞭亂。

② 經過這條曲裏拐彎的小路，前面就是那家網紅餐廳了。

全乎（兒）quánhu 327

齊全；完備。

例 ① 家裏的玩具汽車被這孩子拆得沒有一輛是全乎的。

② 出去旅行我更喜歡住民宿，配套設施全乎，又有當地的
風格和特色。

繞圈子 rào quānzi 328
也說「兜圈子」或「繞彎子」

原指重複走相同的路線或轉圈移動。比喻轉彎抹角不照直說話。

例 ① 有話直說，別跟我繞圈子。 粵遊花園

② 他兜了半天圈子才敢把條件提出來。 粵遊花園

繞遠兒 ràoyuǎnr 329

1. 路線遠且迂回曲折。

例 每天坐巴士上班太繞遠兒了，一來一回就要三個小時，真要命。

2. 走遠且迂回曲折的路。

例 我寧願繞遠兒，也不願意爬那段很陡的斜坡。 粵兜路

軟和 ruǎnhuo 330

1. 柔軟。

例 她胃不好，麵條多煮會兒，軟和點兒好消化。 粵軟腍腍

2. 溫和；順從的。

例 爸爸正在氣頭上，你說幾句軟和話讓他消消氣吧。

仨瓜倆棗 sāguā-liǎzǎo 331

1. 不值一提、微不足道的事物；瑣碎的事物。

例 仨瓜倆棗的事，別跟我說了，你們自己看著辦吧。

🔵濕碎

2. 比喻少量的錢。

例 就我那仨瓜倆棗的工資，買車還是爸媽資助的呢。

🔵雞碎咁多

撒歡兒 sāhuānr 332

因興奮而連跑帶跳，特別活躍。

例 ① 下課鈴聲一響，學生們就撒歡兒地往操場跑。

② 大黃狗飛快地衝進寵物公園，在草地上撒起歡兒來。

三下五除二 sān xià wǔ chú èr   333

珠算口訣之一。常用來形容做事及動作敏捷利索。

例 ① 師傅三下五除二就把熱水器裝好了。

   ② 那位畫家大筆一揮，三下五除二地畫出了一幅駿馬圖。

僧多粥少 sēngduō-zhōushǎo   334

人多東西或機會少，不夠分配。

例 ① 新疫苗短缺，僧多粥少，一劑難求。

   ② 去律師行實習的機會僧多粥少，很難爭取到。

篩 shāi   335

經過挑選後淘汰。

例 ① 工廠質檢非常嚴格，篩出來的殘次品當日就會銷毀。

   ② 六個人進入復試，只有兩個職位，不知道誰會被篩
下來。

山高皇帝遠 shān gāo huángdì yuǎn   336
也說「天高皇帝遠」

處於偏遠的地方，做甚麼都沒人管。

例 ① 他被調派去海外分部，山高皇帝遠，感覺自由多了。

   ② 考上了外地的大學，天高皇帝遠，不用每天聽我媽嘮
叨了。

上臉 shàngliǎn

1. 受人誇讚，自以為得意而放肆。

例 這孩子誇他兩句就上臉了，沒大沒小的。

2. 喝酒後臉發紅。

例 我先生喝一點兒酒就上臉，臉紅得像關公似的。

相關口語詞

蹬鼻子上臉 dēng bízi shàng liǎn

比喻得寸進尺，變本加厲。

例 這一讓步，對方就蹬鼻子上臉地提出了更多的要求。

上手 shàngshǒu 338

1. 操作，動手。

例 晚飯我負責，你們就不用上手了，坐好等吃吧。

2. 開始。

例 這場籃球賽球員們一上手就打得很吃力，結果以小比分險勝對方。

3. 熟練掌握。

例 新人經過操作培訓，沒幾天就上手了。

捎帶 shāodài 339

1. 順便；附帶。

例 昨天開會捎帶著説了這個議題，不過沒有展開討論。

2. 順便給別人帶東西。

例 聽説你要去雲南出差，幫忙捎帶兩包普洱茶回來吧。

相關口語詞

捎帶腳兒 shāodàijiǎor

順路；順便。

例 我要去圖書館，有沒有到期需要還的書？我捎帶腳兒幫你還了。

神（兒）shén　340

原指精神；精力。

相關口語詞

------

❶ 回神（兒）huíshén

從驚詫、恐慌、出神等狀態中恢復正常。

例 這部恐怖電影嚇得我到現在還沒回過神來。

❷ 愣神兒 lèngshénr

神情呆滯，或因心有所思而不注意外界事物。

例 最近你經常一個人坐在那兒愣神兒，是不是有甚麼心事啊？

❸ 走神兒 zǒushénr

精神不集中，注意力分散。

例 她剛剛走神兒了，沒聽見老師佈置了甚麼作業。

神神叨叨 shénshendāodāo　341

言談舉止失常。

例 ① 自從出了意外，小陳變得神神叨叨的，晚上不敢一個人外出，每次總要拉個伴兒才出門。 粵 神神化化

② 這部電視劇的男主角總神神叨叨地發出各種感慨，讓人看得一頭霧水。

瘆 shèn 342

使人害怕；可怕。

例 ① 下夜班，路上一個人都沒有，越走心裏越瘆得慌。

② 雖然明知道鬼屋裏都是道具，但就是覺得瘆人，不敢進去。 粵得人驚

生分 shēngfen 343

對熟悉的人或親人的感情疏遠。

例 ① 幾十年沒見的老同學重逢，一點兒也不覺得生分。

粵生外

② 爸爸出差大半年才回家，兒子和他都有點兒生分了。

粵生外

生拉硬扯 shēnglā-yìngchě 344
也說「生拉硬拽」

比喻牽強附會。

例 ① 你這篇作文一看就是生拉硬扯，東拼西湊出來的。

② 這部電視劇好多生拉硬扯的情節，看了幾集就看不下去了。

獅子大開口 shīzi dà kāi kǒu 345

提出一個很高的價格或物質要求。

例 ① 五塊錢的礦泉水賣二十塊，你還真敢獅子大開口。

② 本想送一份小禮物給兒子慶生，沒想到他獅子大開口向我要一部新手機。

拾掇 shíduo 346

1. 收拾整理；歸攏。

例 客人快到了，趕快把客廳拾掇拾掇。 粵執拾

2. 修理。

例 打印機又壞了，趕快找個人來拾掇一下。

實誠 shíchéng 347

誠實；老實。

例 ① 小林做事勤快又實誠，大家都喜歡和他共事。

② 這家裝修公司做工細緻，用料實誠，很多客戶都是經朋
友介紹找上門的。

實打實 shídǎshí 348

實實在在。

例 ① 購物節就應該實打實地讓利促銷，別搞那麼多噱頭。

② 士兵們的一身功夫，都是平時實打實練出來的。

實在 shízai 349

（工作或幹活）扎實；不馬虎。

例 ① 領導把財務部交給他管理，就是看中他這個人實在。

② 小林做事很實在，一絲不苟，他辦事我們都特別放心。

使絆兒 shǐbànr 也說「使絆子」 350

用不正當手段暗算別人。

例 ① 你可能誤會他了，他不是那種暗中使絆兒的人。

② 為了個人利益，背後給人使絆子，太不道德了。

使性子 shǐ xìngzi 351

任性；發脾氣。

例 ① 你是三歲的小孩兒嗎？為了這麼點兒小事使性子。

粵 扭計

② 現在不是使性子的時候，還是抓緊時間解決問題吧。

粵 扭計

收拾 shōushi　　352

1. 整治；教訓。

例 你又闖禍了，看你爸回來怎麼收拾你。

2. 消滅；殺死。

例 這麼小的昆蟲你也怕啊？我來收拾它！

手緊 shǒujǐn　　353

1. 不隨便花錢或送東西給別人；手上的錢不夠花。也說「手頭緊」。反義詞為「手鬆」。

例 ① 一到月底就手緊，這幾天只能吃泡麵對付了。

② 這個大孝子平時自己省吃儉用，給父母買營養品卻手鬆得很。

2. 對事物的管控緊。

例 ① 質檢員手鬆了嗎？這麼明顯的瑕疵都沒有發現。

② 簡老師改考卷手特別緊，這次我們班好幾個人不及格。

數得上 shǔdeshàng 也說「數得著」　　354

比較突出或夠得上標準。反義詞為「數不上」「數不著」。

例 ① 小華學習成績好，是學校裏數得上的學霸。

② 他平時表現一般，這次升職怎麼也數不著他啊。

數落 shǔluo　　355

1. 列舉過失而指責。

例 趕飛機還遲到，難怪你媽數落你，一點兒時間觀念都沒有。

2. 列舉著說。

例 姥姥數落著這一年親戚家發生的大事小情，說個沒完沒了。

耍賴 shuǎlài 也說「耍無賴」　　356

使用無賴的手段，不講道理。

例 ① 每次玩兒撲克牌他都耍賴，真沒勁。 粵奸賴

② 欠人家錢不還，還耍無賴打人，真是無法無天了。

耍貧嘴 shuǎ pínzuǐ　　357

開玩笑或說無聊的話。

例 ① 相聲演員靠耍貧嘴逗樂，給大眾帶來歡笑。

② 馬上就考試了，還有空兒跟我耍貧嘴，趕緊複習去！

耍嘴皮子 shuǎ zuǐpízi　　358

賣弄口才；光說不做。

例 ① 業績不是靠耍嘴皮子吹出來的，都是實打實幹出來的。

粵得把口

② 再耍嘴皮子也沒用，下班前你必須把解決方案拿出來。

粵得把口

甩包袱 shuǎi bāofu　　359

擺脫掉拖累自己的人或事。

例 ① 航空公司連年虧損，為了甩包袱，只能大規模裁員。

② 他知道這部分設計很難完成，就把包袱甩給了其他同事。

甩手掌櫃 shuǎishǒu zhǎngguì　**360**

1. 光指揮別人幹活，自己甚麼也不幹的人。

例 你們做飯都那麼好吃，今天我就做個甩手掌櫃吃現成的了。

2. 只掛名，不負責，不做事的主管人員。

例 雖然這家飯館兒是兩夫妻一起開的，但妻子是名副其實的甩手掌櫃，很少能看到她。

帥氣 shuàiqi　**361**

瀟灑的氣概；英俊的長相（多形容青年男子）。

例 ① 我找男朋友的標準就是要長得高大帥氣。

② 她把頭髮剪短了，看上去像個帥氣的小夥子。

S

水靈 shuǐling　**362**

精神；漂亮。

例 ① 誰家的孩子？大眼睛長睫毛，長得真水靈。

② 現在是水蜜桃上市的季節，每次看到水靈靈的桃子都忍不住買。

順杆兒爬 shùngānrpá 363

迎合別人的心意、言語、要求等說話或行事。

例 ① 他說甚麼你都順杆兒爬地迎合，真沒原則！

② 不管奶奶說甚麼，孫子都能順杆兒爬，變著法兒地哄奶奶開心。

順溜 shùnliu 364

1. 有條不紊。

例 只要把頭緒捋順溜了，問題就好解決了。

2. 通暢，順利。

例 祝你的創業路順順溜溜的，生意越做越好。

說得來 shuōdelái 365
也說「談得來」「聊得來」

思想感情相近，能談到一塊兒去。反義詞是「說不來」。

例 ① 她倆一見如故，特別說得來。 粵啱傾

② 我和他一向說不來，找別人和他談吧。 粵唔啱傾

說合 shuōhe 366

從中介紹，促成別人的事。

例 ① 必須找人說合說合，化解一下他倆的矛盾。

② 幸虧你幫忙說合找到了買家，我這批倉底貨終於出手了。

說破（大）天 shuōpò (dà) tiān　367

話說到了極限，沒法兒再說了。

例 ① 大家不用勸我了，說破大天我也不想生二胎了，太累人了。

② 就算說破天，我也不會答應你一個小姑娘去那麼艱苦的地方工作。

思摸 sīmo　368

想；考慮。

例 ① 考試一結束，曉琳就開始思摸著度假的事兒了。

② 他們這麼爽快就簽字了，我思摸著有點兒不對頭。

撕破臉 sīpò liǎn　369

不顧情面或不再掩飾矛盾，公開對抗或爭吵。

例 ① 他不想和老闆撕破臉，最後忍氣吞聲地辭職了。

粵 揾爛塊面

② 都是多年的老鄰居了，別為一點兒小事撕破臉，值得嗎？ 粵 揾爛塊面

死磕 sǐkē　370

1. 拚命作對或爭鬥。

例 你倆為了這件事互不相讓，這麼死磕下去，對誰也沒有好處。

2. 不放棄。

例 研究搞了兩年沒出成果，教授不肯放棄，看樣子要死磕到底了。

死皮賴臉 sǐpí-làiliǎn 371

不顧羞恥，一味地糾纏。

例 ① 人家都給你臉色看了，咱們就別死皮賴臉地待在這兒了。 粵面皮厚

② 我已經拿了一份試用品了，怎麼好意思再死皮賴臉地向人家要呢？ 粵面皮厚

餿主意 sōuzhǔyi 也說 sōuzhúyi 372

不高明的辦法。

例 ① 只吃水果不吃飯，誰給你出的餿主意啊？這能減肥嗎？

② 你們商量了半天，就想出這麼一個餿主意啊？糊弄誰呢？

酸溜溜 suānliūliū 373

原指味道酸或身體酸痛。

1. 輕微的嫉妒或心裏難受的感覺。

例 她的營銷方案落選了，心裏酸溜溜的不是味兒。

2. 愛引用古書詞句，言談迂腐（含譏諷意味）。

例 老先生説話時那咬文嚼字酸溜溜的腔調，真讓人受不了。

隨大溜（兒）suí dàliù 也說「隨大流」 374

跟著多數人說話或行事。

例 ① 高考填志願時，很多考生隨大溜報讀熱門的專業。

粵跟大隊

② 這位服裝設計師的作品很有個人風格，從不隨大流迎合市場。 ⑨跟風

縮手縮腳 suōshǒu-suōjiǎo **375**

做事顧慮多，不大膽。

例 ① 他家境富裕，花起錢來從不縮手縮腳。

② 人家已經幹得熱火朝天了，咱們不能再縮手縮腳地瞻前顧後了。

踏實 tāshi 也作「塌實」 376

1.（工作或學習的態度）切實；不浮躁。

例 踏踏實實地工作吧！別總想著跳槽。

2.（情緒）安定；安穩。

例 有你陪著我遊歐洲，心裏就踏實多了。

抬槓 táigàng

無謂的爭辯。

例 ① 好了好了，咱倆別再抬槓了，都聽你的行了吧！

② 我怕會上他又和我抬槓，還是你替我出席吧。

攤兒 tānr

在路邊擺賣東西的小攤子。

例 他就是靠擺地攤兒發家的。

相關口語詞

❶ 爛攤子 làntānzi

局面混亂，不易收拾。

例 自己惹的麻煩自己想辦法，沒人給你收拾爛攤子。

❷ 練攤（兒）liàntān

練身手，積累經驗，提高能力。

例 我打算在年宵花市租塊場地練練攤，積累點兒做生意的
經驗。

❸ 收攤兒 shōutānr

結束手頭的工作。

例 都快七點了，這些活兒一時半會兒也做不完，趕緊收攤兒回
家吧。 粵收檔

攤牌 tānpái 379

原義為將手裏所有的牌都亮出來。比喻在最後關頭把所有意見、條件、實力、底線等展示給對方。

例 ① 既然大家都有誠意，那就攤牌報個底價吧。

② 已經到了不得不攤牌的時刻，你就別再猶豫了。

蹚渾水（兒）tāng húnshuǐ 380

1. 介入複雜混亂的事情。

例 這灘渾水你要蹚到甚麼時候？還是趕快想辦法退出來吧。

2. 跟著別人幹壞事。

例 他明顯是在鑽法律的漏洞，誰敢跟他蹚渾水啊。

躺槍 tǎngqiāng 381

躺著也中槍，比喻無端受到攻擊、傷害或牽連。

例 ① 別把我扯進去了，我不想躺槍捲入是非。

② 明星出了事，他參演的電視劇也跟著躺槍了，節目只能下架。

燙手山芋 tàngshǒu shānyù 382

有麻煩難以處理的事物。

例 ① 這個項目現在變成了燙手山芋，誰都不願意接。

② 難民問題對於聯合國來說是個燙手山芋，處理起來非常棘手。

掏心掏肺 tāoxīn-tāofèi 383

毫無保留，坦誠相待。

例 ① 人生中能有幾個掏心掏肺的摯友，是很難得的。

② 這兩人認識沒多久，就好到掏心掏肺的程度了。

掏腰包 tāo yāobāo 384

1. 請客；負責出錢。

例 每次大夥兒出來吃飯都是他掏腰包，這次我們請客！

粵 拎荷包

2. 偷東西。

例 出去旅遊一定要小心個人財物，被掏腰包就麻煩了。

粵 打荷包

套近乎 tào jìnhu 也說「拉近乎」或「套磁」 385

和不太熟識或關係不密切的人拉攏關係，表示親近。

例 ① 你跟他套近乎也沒用，他主不了事兒。

② 為了能買到緊俏商品，我跟他套了半天磁呢。

踢皮球 tī píqiú 386

比喻互相推諉，把要做的事或應該承擔的責任推給別人。

例 ① 希望上面早日明確各部門的責任，不要再出現互相踢皮球的現象。 粵 拋波

② 你們能不能不踢皮球？我跑了十幾個部門，都説不歸自己部門管，難道要老天爺管？ 粵 拋波

挑事（兒）tiǎoshì   387

挑起事端；故意找麻煩。

例 ① 他蠻不講理，明擺著在挑事，你別搭理他。 粵 攪事

② 那群衝過來吵吵鬧鬧的人，一看就是來挑事的，咱們趕緊報警。 粵 攪事

挑頭（兒）tiǎotóu   388

領頭兒；帶頭。

例 ① 老將出馬，一個頂倆，您一挑頭這事就成了。

② 要想改變這一盤散沙的局面，得找個挑頭的人。

鐵哥們兒 tiěgēmenr   389

感情或關係特別牢靠的朋友（一般用於男性之間）。

例 ① 他們幾個鐵哥們兒每個星期天都會一起打籃球。

② 我們這幾個哥們兒關係特別鐵，誰家有事，一呼百應。

鐵公雞 tiěgōngjī 390

比喻一毛不拔非常吝嗇的人。

例 ① 他與人交往從來都是只進不出，是有名的鐵公雞。

　　粵 孤寒鬼

　　② 這隻鐵公雞今天居然請大家喝下午茶，真是太陽打西邊出來了。 粵 孤寒鬼

聽信兒 tīngxìnr 391

等候消息。

例 ① 估計申請沒有那麼快批下來，你耐心等著聽信兒吧。

　　② 我高考完在家聽信兒的那段日子，全家人都跟著坐立不安。

捅咕 tǒnggu 392

從旁鼓動別人做某事。

例 ① 小梁居然敢頂撞老闆，背後一定有人捅咕他。

　　② 要不是好朋友不停地捅咕我一起參加歌唱比賽，我才不報名呢。

捅婁子 tǒng lóuzi 393

引起糾紛；惹禍。

例 ① 今天這個會議很重要，你說話做事謹慎點兒，別給我捅婁子。

　　② 班主任打電話讓我去學校，估計咱家那熊孩子又捅甚麼婁子了。 粵 闖禍

偷懶 tōulǎn 也說「躲懶(兒)」　　394

貪圖安逸、省事，逃避應做的事。

例 ① 你溜到哪兒偷懶去了，趕快去招呼客人啊！ 粵蛇王
　　② 大家都在外面發傳單，你跑空調房來躲懶，太不像話
　　　了。 粵蛇王

託兒 tuōr　　395

從旁配合，誘人受騙上當的人。

例 ① 奶茶店開業時請了一些託兒假扮顧客排隊，營造搶購的
　　　假象。 粵做媒
　　② 那個被魔術師請上台的人，其實不是觀眾，是魔術表演
　　　的託兒。 粵做媒

拖後腿 tuō hòutuǐ 也說「扯後腿」　　396

比喻牽制、阻撓人或事，使不得前進或發展。

例 ① 要不是孩子拖後腿，我才不呆在家裏呢。
　　② 建材沒有按時送到工地，扯了工程進度的後腿。

玩兒得轉 wánrdezhuàn　　397

有辦法;應付得了。反義形式為「玩兒不轉」。

例 ① 同桌是數獨高手,甚麼數字的組合他都玩兒得轉。

　② 你給爺爺買的這款智能手機,老人家根本玩兒不轉。

味兒 wèir 398

味道；氣味。

相關口語詞

❶ 不是味兒 bùshìwèir

味道不正；心裏感到不好受。

例 被閨蜜埋怨了半天，她心裏挺不是味兒的。

❷ 串味兒 chuànwèir

不同氣味的物品放在一起，而染上彼此的味道。

例 別把茶葉和香料放在一起，會串味兒的。

❸ 對味兒 duìwèir

合口味；比喻適合自己的思想感情或興趣（多用否定式）。

例 他的話讓人聽著不太對味兒，所以沒人接茬兒。

❹ 夠味兒 gòuwèir

味道純正，讓人滿意；有韻味，有水平。

例 這菜這麼夠味兒是因為加了花椒和辣椒。

❺ 入味兒 rùwèir

有滋味；有趣味。

例 你介紹的這本小説越看越入味兒。

❻ 走味兒 zǒuwèir

失去原有的味道，可指食物、茶葉或話語。

例 明明是好心，但是話從他嘴裏説出來就走味兒了。

窩火（兒）wōhuǒ 399

有怒氣或煩惱得不到發洩。

例 ① 一大早趕著上班，車在隧道口堵了半天，真窩火。

② 君子蘭剛開花就讓貓給抓斷了，我能不窩火嗎？

窩囊 wōnang 400

1. 因受委屈而煩悶。

例 我再也不想受老闆的窩囊氣了，現在就寫辭職信。

2. 無能；怯懦。

例 你揹了黑鍋也不敢吭聲，真夠窩囊的。

窩心 wōxīn 401

受了委屈，煩悶的情緒鬱積在心裏不能發洩出來。

例 ① 冬梅覺得最窩心的事就是婆婆一直看不起她。

② 對於老闆不問緣由地指責，小趙覺得很窩心。

X

稀罕 xīhan 也作「希罕」   402

1. 稀奇、少有。

例 你拿的是甚麼稀罕物？這麼神秘，還不讓別人看。

2. 認為稀奇而喜愛。

例 我才不稀罕你的錢呢，我看中的是你的人。

瞎 xiā   403

「瞎」在動詞前表示沒有根據地；沒有由來地；沒有效果地；沒有章法地（做事情）。如果指自己的行為，有自謙之意。

例 我唱得不怎麼樣，瞎唱呢。

相關口語詞

①**瞎扯 xiāchě**

沒有中心，沒有根據地亂說。也說「瞎掰」。

例 別聽他瞎扯，要是真的有這回事兒，新聞早就報導了。

近 亂嗑

❷ 瞎吹 xiāchuī

胡亂誇口；吹牛。

例 剛工作半年就有能力買房子了？你就瞎吹吧。

❸ 瞎鬧 xiānào

沒有來由或沒有效果地折騰；胡鬧。

例 你再這樣瞎鬧下去，遲早會被炒魷魚的。

❹ 瞎抓 xiāzhuā

沒有計劃、沒有條理地做事。

例 事情還沒抝出個頭緒，你就瞎抓一氣，不是白費工夫嘛。

顯擺 xiǎnbai 也作「顯白」　404

向人顯示並炫耀。

例 ① 小呂昨天訂婚，今天就戴著她的大鑽戒到處顯擺。

　　粵 曬命

　　② 我喜歡把生活照放到社交平台上，不是顯白，是分享。

　　粵 曬命

現 xiàn 405

「現」在動詞前表示當場做一件事。

例 ① 出去旅行不用帶這麼多東西，到了當地現買也不貴。

② 明天早上輪到你做個人分享，以你的水平現編可來
不及。

香餑餑 xiāngbōbo 406

比喻受歡迎的人或東西。「餑餑」指糕點、饅頭或其他塊
狀麵食。

例 ① 這隻股票被資本市場看好，成了備受追捧的香餑餑。

② 自從他獲得了建築設計大獎，就成了業界的香餑餑，地
產發展商都搶著找他設計項目。

想頭（兒）xiǎngtou 407

1. 想法；念頭。

例 雖然現在的工作很穩定，但他創業的想頭從來沒有斷過。

粵 諗法

2. 希望。

例 我們就是抱著看日出的想頭，才在山上露營的。

消停 xiāoting 408

1. 安靜；安穩。

例 闖蕩了幾年你終於消停下來了，趕快找個媳婦成家吧。

2. 停止；歇。

例 這孩子一刻也不消停，在車廂裏跑來跑去，家長也不
管管。

小菜一碟 xiǎocài-yīdié 409

形容事情容易解決；微不足道。

例 ① 這點兒困難不過是小菜一碟，我一個人就能解決。
粵 小兒科
② 編程對我來說是天方夜譚，不過對老薛來說就是小菜一
碟。粵 小兒科

歇菜 xiēcài 410

1. 拉倒；放棄；作罷。

例 就你這口才還去參加辯論大賽？勸你還是歇菜吧。
粵 算罷啦

2. 不起作用；作廢。

例 這輛車剛跑了五年就歇菜了，看來還是質量不行。

邪乎 xiéhu 411

1. 超出尋常；厲害。

例 這場牌局梁太太的手氣好得有點兒邪乎。

2. 離奇；玄乎。

例 大家都在添油加醋地轉發這消息，越傳越邪乎了。

1. 內心。

例 這孩子聰明伶俐,我打心眼兒裏喜歡他。

2. 心地;用心。

例 別看他做事魯莽,但心眼兒特別好,喜歡幫助別人。

3. 思維能力。

例 他心眼兒靈活,總能想出各種辦法幫客戶解決問題。

4. 對人不必要的顧慮和考慮。

例 他和朋友相處也那麼多心眼兒,活得真累。

相關口語詞

① 鬥心眼兒 dòu xīnyǎnr

用盡心機,明爭暗鬥。

例 為了佔點兒小便宜,你跟人家鬥了半天心眼兒,真不值得。

② 缺心眼兒 quē xīnyǎnr

形容人頭腦簡單,不機智,考慮事情不周全。也說「缺根筋」「少根筋」「缺根弦兒」。

例 人家擺明不想談這事兒,你還一直追問,真是缺心眼兒。

③ 實心眼兒 shíxīnyǎnr

心地誠實;心地誠實的人。

例 這孩子老實本分,是個實心眼兒,靠得住。

④ 耍心眼兒 shuǎ xīnyǎnr

施展小聰明;使用心計。

例 想升職加薪就得踏踏實實地幹,別老耍心眼兒。

⑤ 死心眼兒 sǐxīnyǎnr

固執；想不開；處理事情不懂得變通；也用來指固執的人。

例 解決問題的方法不止一個，你就別那麼死心眼兒了。

⑥ 小心眼兒 xiǎoxīnyǎnr

氣量、胸懷狹小。

例 她這人小心眼兒，和她說話得注意點兒。 粵小器

⑦ 直心眼兒 zhíxīnyǎnr

心地直爽；心地直爽的人。

例 小亮直心眼兒，有甚麼說甚麼，過段時間你就習慣了。

X

絮叨 xùdao　　413

說話囉嗦；反覆地說。

例 ① 別嫌老人家說話絮叨，你老了可能也這樣。 粵長氣

② 出發前，老師絮絮叨叨地一遍又一遍叮囑學生注意事項。 粵長氣

玄 xuán　　414

玄虛；靠不住；不符合事實或距離事實太遠。

例 這小孩兒能指揮動物睡覺？你說得也太玄了吧？

玄乎 xuánhu

玄虛不可捉摸。

例 這部偵探小說我已經看了一多半了，故事寫得非常玄乎，很難猜到結局。

懸 xuán　　　　　　　　　　415

危險；不牢靠。

例 這個職位對專業要求挺高的，你去應聘，我看有點兒懸。

相關口語詞

懸乎 xuánhu

危險；不保險。

例 吊橋建得那麼高，看著就懸乎，我可不敢走。 粵危危乎

Y

掃碼聽錄音

Y

牙磣 yáchen 416

1. 食物中夾雜著沙子，嚼起來牙齒不舒服。

例 羊肚菌裏藏了很多沙土，一定得洗乾淨，不然吃起來牙磣就倒胃口了。

2. 言語粗鄙，不堪入耳。

例 這麼牙磣的話也能說出口，太沒教養了！

壓根兒 yàgēnr 417

根本；從來（多用否定式）。

例 ① 你提的這位老鄰居，我壓根兒不記得他長甚麼樣了。

② 他依然我行我素，壓根兒就沒把同事的建議當回事兒。

言語 yányu 418

說；說話。

例 ① 昨天聚會你不言語一聲就走了，有甚麼急事兒嗎？

② 我閨女性格靦覥內向，從小就不愛言語。

嚴實 yánshí 419

1. 嚴密，沒有縫隙或出口。

例 天氣預報說下午有雷陣雨，你出門前記得把窗戶關嚴實點兒。 粵密實

2. 東西藏得好，不容易找到。

例 她每次出去旅遊都會把錢包藏得嚴嚴實實的，生怕被偷了。 粵密密實實

眼巴巴 yǎnbābā 420

1. 急切地盼望。

例 忘記帶鑰匙了，只能眼巴巴地在門口等著家人回來。

2. 急切地看著不如意的事情發生而無可奈何。也作「眼睜睜」。

例 眼巴巴地看著公共汽車開走，只能等下一輛。

眼力見兒 yǎnlìjiànr 421

見機行事的能力。

例 ① 你長點兒眼力見兒吧，他生氣的時候就別往上湊了。

② 這孩子真有眼力見兒，看到爺爺拿起報紙，趕緊遞上老花鏡。

眼皮子 yǎnpízi 422

見識、眼界。

例 ① 有的人眼皮子高，找工作挑三揀四的，苦活累活不想幹。

② 他眼皮子淺，為了多幾百塊的工資，想都不想就跳槽了。

幺蛾子 yāo'ézi 423

鬼點子；壞主意。

例 ① 這小子眼珠一轉，我就知道他又要出甚麼幺蛾子了。

② 為了搶到這筆訂單，他可沒少出幺蛾子，真不講商業道德！

爺們兒 yémenr 424

1. 成年以上的男子。常說「老爺們兒」「大老爺們兒」。

例 哈哈！沒想到你一大老爺們兒居然會織毛衣，真讓人刮目相看！

2. 男人之間的互稱（含親暱意）。

例 咱爺們兒一起吃飯去！

3. 男子漢大丈夫；有男子氣概。

例 那男子關鍵時刻挺身而出，協助警察捉住悍匪，真是個爺們兒！

爺兒 yér 425

男性長輩和男女晚輩的合稱，如父親和子女，叔父和姪子、姪女，祖父和孫子、孫女，後面帶數量詞。

例 ① 他們爺兒倆都喜歡養鳥。

② 咱爺兒幾個難得聚在一起，今天一定要好好喝一杯。

夜貓子 yèmāozi 426

原指貓頭鷹。常用來指喜歡晚睡的人（含戲謔意）。

例 ① 二十四小時營業的便利店，方便了我們這些饞嘴的夜貓子。粵 夜鬼

② 瞧你這黑眼圈跟大熊貓似的！別老當夜貓子了，小心熬壞身體。粵 夜鬼

一把手 yībǎshǒu

1. 能幹的人。也作「一把好手」。

例 別看他身材瘦小，幹活兒可是一把好手。

2. 組織中居於首位的負責人。

例 局長退休了，這一把手的位子不知道會是誰頂上去。

一把抓 yībǎzhuā

1. 事無巨細，都要親自管。

例 你要放心交給下屬去做，別甚麼都自己一把抓。

2. 做事不分輕重緩急，一齊下手。也說「眉毛鬍子一把抓」。

例 主次沒分清，眉毛鬍子一把抓，白忙乎了半天。

一錘子買賣 yī chuízi mǎimai

比喻只做一次交易，不考慮以後怎樣。

例 ① 咱們不能做一錘子買賣，除了品質有保證，還要做好售後服務。

② 小商店知道遊客不會回去追討，就抱著只做一錘子買賣的心態做生意。

一個巴掌拍不響　430
yī gè bāzhang pāi bù xiǎng

比喻矛盾或糾紛不是由單方面引起的。

例 ① 一個巴掌拍不響，你們兩個打架都有錯，回去好好
反省！

② 兩家報社因版權糾紛鬧上了法庭，明擺著這是一個巴掌
拍不響的事兒。

一個蘿蔔一個坑兒　431
yī gè luóbo yī gè kēngr

比喻各有職責。沒有多餘的崗位。

例 ① 咱們部門一個蘿蔔一個坑兒，哪還有多餘的職位讓你塞
人進來？

② 我們這裏都是一個蘿蔔一個坑兒，你要休假別人的工作
量就會增加。

一時半會兒 yīshí-bànhuìr　432
口語中也說 yīshí-bànhuǐr

短時間。

例 ① 看這架勢，會議一時半會兒結束不了。　近一時三刻

② 颱風過後免不了會造成交通癱瘓，一時半會兒很難恢
復。　近一時三刻

一碗水端平 yī wǎn shuǐ duān píng 433

比喻辦事公平公道，不偏不倚。

例 ① 在兩個孩子的教育問題上，爸爸從不偏心，一碗水端得很平。

② 仲裁組織處理各方糾紛時必須做到一碗水端平，不能雙重標準。

硬傷 yìngshāng 434

原指身體受到明顯的傷害。比喻明顯的錯誤或缺陷。

例 ① 電動汽車發展的過程中，充電樁不足曾經是硬傷。

② 英語差是他的硬傷，老闆不放心把海外客戶交給他跟進。

悠著點兒 yōuzhe diǎnr　435

控制著不使過度，含有小心的意思。

例 ① 這活兒不是一天兩天能幹完的，悠著點兒慢慢來。

② 健身也得悠著點兒，以免健身變傷身。 粵因住嚟

有鼻子有眼兒 yǒu bízi yǒu yǎnr　436

比喻把虛構的事物或誇大的事實說得活靈活現，十分逼真。

例 ① 別看那些花邊新聞寫得有鼻子有眼兒的，絕大部分都不可信。 粵似層層

② 他為曠課編了一個有鼻子有眼兒的藉口，想蒙混過關。
粵似層層

有的是 yǒudeshì　437

強調有很多（有時含不怕沒有之意）。

例 ① 我的家鄉靠海邊，那裏有的是海鮮。 粵大把

② 年輕人只要踏實肯幹，晉升的機會有的是。 粵大把

遠水解不了近渴 yuǎnshuǐ jiě bù liǎo jìnkě　438
也說「遠水救不了近火」

比喻緩慢的解決辦法不能滿足當下迫切的需要。

例 ① 不能等到年底收回貨款了，遠水解不了近渴，儘快找銀行貸款吧。

② 辦公樓兩年以後才能竣工，遠水救不了近火，先找個臨時辦公的地兒。

掃碼聽錄音

砸錢 záqián 439

不惜代價地大量投放金錢於某事上。

例 ① 她五年前砸錢開了一家酒吧，到現在還沒回本兒。

② 這個項目不是砸錢就能辦成的，還要得到附近居民的同意才行。

栽 zāi 440

原指跌倒；摔倒。比喻經歷失敗、出醜等倒霉的事情。

例 ① 我們太急於求成，結果事與願違，只能認栽了。

② 老金聰明一世，糊塗一時，這次居然栽在騙子手上了。

扎堆（兒）zhāduī 441

很多人聚集到一處。

例 ① 每年畢業季，大學門口都是扎堆賣化的小販。

② 遇到天氣突然降溫，大家都喜歡在火鍋店扎堆。

扎耳朵 zhā ěrduo　442

聲音或話語刺耳，令人聽著不舒服。

例 ① 這個耳機的質量不太好，音量大一點兒就扎耳朵。

　② 他一聽這句扎耳朵的話，頓時氣得火冒三丈。 圖硬耳

咋呼 zhāhu 也說「咋咋呼呼」「咋唬」　443

吆喝；張揚，大驚小怪。

例 ① 他晉升的事還沒發正式通知，就咋呼得全辦公室都知
　　道了。

　② 別聽他瞎咋呼，我就動了個小手術，休息兩天就恢復
　　了，您別擔心。

詐唬 zhàhu　444

蒙哄嚇唬。

例 ① 很多老人被騙子的電話一詐唬就上當了。

　② 我詐唬了那小孩一下，他就把實話全說了。

沾邊（兒）zhānbiān　445

1. 略有接觸。

例 他現在的工作和大學所學的專業一點兒都不沾邊。

2. 接近事實或事物應有的樣子。

例 你們別光說和會議主題不沾邊的話，浪費大家的時間。

張羅 zhāngluo　446

1. 料理；處理。

例 出差要帶的東西準備好了嗎？別到了當地再張羅。

2. 籌劃；安排。

例 他倆交往都已經兩年了，還不張羅一下婚事？

3. 應酬；接待。

例 十幾桌宴席，兩個服務員肯定張羅不過來。還是多請幾個
人吧！

長臉 zhǎngliǎn　447

增加體面；使臉上增添光彩。

例 ① 弟弟品學兼優，我們家孩子就數他最長臉了。

　② 他打敗了眾多的競爭者，拿到了項目的經營權，真為咱
們團隊長臉！

掌勺兒 zhǎngsháor　448

負責烹調（的人）。

例 ① 聽說這家川菜
館兒換了個掌
勺兒的，手藝
不錯，今晚我
們去試試？

② 看了烹飪節目
後，我掌勺兒
做了兩道小
菜，家人說味
道還不錯。

招兒 zhāor 也作「著兒」　449

計策或手段。

例 知道您趕時間，可上班高峰期堵車，我也沒招兒啊。

相關口語詞

❶ 高招兒 gāozhāor

高明的招數，泛指好辦法、好計策、好主意。

例 誰有甚麼高招兒能把這筆舊賬收回來，提成很高。

❷ 絕招兒 juézhāor

絕技；絕妙的手段、計策。

例 武俠小說裏的俠客，大多有自己的絕招兒。

❸ 耍花招兒 shuǎ huāzhāor

賣弄小聰明；玩弄技巧；使用詭詐的手段。

例 部分電商在廣告宣傳中耍花招兒，欺騙消費者。

❹ 支招兒 zhīzhāor

給人出主意。

例 沒有高人支招兒，這件事憑他的本事很難解決。 粵 度橋

著調 zháodiào **450**

言行合乎常理，常使用否定式「不著調」。

例 ① 跟他同事這麼久了，就這次他提的意見最著調。

② 他酒喝得有點兒多，說了很多不著調的話。

著三不著兩 zháo sān bù zháo liǎng **451**

思慮不周，說話或做事讓人不得要領；待人處事輕重失當。

例 ① 他說話一向著三不著兩的，你別太認真了。

② 小王平時做事有點兒著三不著兩的，你敢讓他獨當一面嗎？

找不著北 zhǎo·bùzháo běi **452**

形容忘乎所以或沒有頭緒。

例 ① 剛取得一點兒成績，你就高興得找不著北了？

② 客戶很挑剔，計劃書改了又改，我真是找不著北了。

找茬兒 zhǎochár 也作「找碴兒」　453

故意挑毛病，製造矛盾。

例 ① 你是來買東西的，還是來找茬兒的？

② 她今天心情不好，故意找碴兒吵架，你別在意。

照葫蘆畫瓢 zhào húlu huà piáo 　454
也說「比葫蘆畫瓢」

比喻照著樣子模仿。另有「依樣畫葫蘆」一說。

例 ① 跟著視頻照葫蘆畫瓢，做出來的宮保雞丁味道還不錯。
粵照板煮碗

② 時尚是要有自己的風格，比著葫蘆畫瓢地模仿只是跟
風。粵照板煮碗

折騰 zhēteng　455

1. 翻過來倒過去。

例 下午喝了一杯咖啡，折騰到凌晨三點還沒睡著。

2. 反覆做（某事）。

例 我照著圖紙折騰了好幾遍，才把這個書桌組裝好。

3. 折磨。

例 牙疼已經折騰我半個月了。

4. 亂花錢；揮霍。

例 萬貫家財也禁不起你這個敗家子這麼折騰。粵亂掏錢

針尖兒對麥芒兒 zhēnjiānr duì màimángr　456

指爭執時針鋒相對。

例 ① 這場辯論賽最後針
　　尖兒對麥芒兒的結辯
　　非常精彩。

　② 她們倆互相看不順
　　眼，大小事都要針
　　尖兒對麥芒兒地爭個
　　沒完沒了。

睜隻眼，閉隻眼 zhēng zhī yǎn, bì zhī yǎn　457
也說「睜一隻眼，閉一隻眼」

看見裝作沒看見，比喻對出現的問題容忍遷就，不加
干預。

例 ① 涉及到食品安全，不能睜隻眼，閉隻眼，要嚴格把關。
　　⑳隻眼開隻眼閉

　② 對他倆之間的矛盾，咱們睜一隻眼，閉一隻眼，別摻
　　和。⑳隻眼開隻眼閉

正經八百 zhèngjīng-bābǎi　458
口語中也說 zhèngjǐng-bābǎi

嚴肅而認真。同「正兒八經」，也作「正經八擺」。

例 爺爺做了大半輩子的木工，是個正經八百的手藝人。

相關口語詞

正經 zhèngjing 口語中也說 zhèngjǐng

確實；實在。

例 快高考了，你再不正經複習就真來不及了。

直腸子 zhícángzi　459

性子直爽（的人）。

例 ① 就他那直腸子性格，沒少得罪人。

　　粵 直腸直肚

　② 我就是個直腸子，轉彎抹角地說話我可做不到。

中不溜兒 zhōngbuliūr　460

不好也不壞；不大也不小；中等的；中間的。

例 ① 我的收入在老同學當中算是中不溜兒的。 粵 中亭

　② 你的成績在班級處於中不溜兒的位置，想考上理想的大
　　 學還得加把勁兒。 粵 中亭

竹筒倒豆子 zhútǒng dào dòuzi 461

比喻把事情沒有隱瞞地全部說出來。

例 ① 說到美食，他就竹筒倒豆子似的跟大夥兒講起各種菜系
的門道兒。

② 這個貪官被抓後，第一天審訊就竹筒倒豆子般地交代了
自己的罪行。

抓鬮兒 zhuājiūr 462

抽籤。

例 ① 我們抓鬮兒來決定出場順序吧。

② 她手氣真好，聯歡會上抓鬮兒中了一台手提電腦。

抓瞎 zhuāxiā 463

事前沒有準備而臨時忙亂著急。

例 ① 記得備份一下今天開會的簡報，以免電腦出問題時抓瞎。

② 你平時花錢大手大腳的，一點兒積蓄都沒有，現在著急用錢就抓瞎了吧！ 粵捽手唔成勢

轉彎抹角（兒）zhuǎnwān-mòjiǎo 464
也說「拐彎抹角」

1. 沿著彎彎曲曲的路走。

例 這家民宿很偏僻，問了很多人，轉彎抹角地才找到。

2. 形容路彎彎曲曲。

例 進村的小路轉彎抹角，特別難走。 粵九曲十三彎

3. 形容說話、做事不直截了當。

例 大家這麼熟了，有意見直接說，不要轉彎抹角地兜圈子。

粵遊花園

轉悠 zhuànyou 465

1. 轉動。

例 看著風扇慢慢地轉悠，我不知不覺地睡著了。

2. 漫步；無目的地閒逛。

例 她已經在商場轉悠半天了，朋友還沒到。

裝傻充愣 zhuāngshǎ-chōnglèng 466

故意裝作又傻又愣的樣子。

例 ① 就他那裝傻充愣的樣兒，別人一眼就看穿了。

(粵)詐傻扮懵

② 這事兒明明就是你說漏嘴的，你還在那兒裝傻充愣。

(粵)詐傻扮懵

裝蒜 zhuāngsuàn 467

裝糊塗；裝腔作勢。

例 ① 別裝蒜了。你不是不會，而是根本不想做。(粵)詐諦

② 事情已經調查得很清楚了，你還裝蒜，趕緊老實交代。

(粵)詐諦

準兒 zhǔnr 468

準定的主意；成功的把握；可作為判斷的根據。常用在
「有」「沒」後面。

例 這件事你好歹表個態，讓我心裏有個準兒。

相關口語詞

沒準兒 méizhǔnr

不一定；說不定。

例 打他的電話沒人接，沒準兒在開會呢。(粵)話唔定

自個兒 zìgěr 也作「自各兒」　469

人稱代詞「自己」的意思。

例 ① 我喜歡自個兒去旅行，想去哪兒就去哪兒，自由自在。

② 要買的東西不多，我自各兒去就行，你不用陪我。

走過場 zǒu guòchǎng　470

原指戲曲中角色出場後不停留，穿過舞台從另一側下場。
比喻敷衍了事。

例 ① 衛生部門來檢查不是走過場，大家千萬別鬆懈。

② 在這場演出中我們雖然是小角色，但不能抱著走過場的
心態。

走眼 zǒuyǎn　471

看錯。

例 ① 我確定沒看走眼，剛剛經過的那人就是咱們的小學
同學。

② 以為今年樓價會下滑，結果沒想到不跌反升，很多人都
看走眼了。

鑽空子 zuān kòngzi　472

利用漏洞進行對自己有利的活動。「空子」指可乘的機會
（多指做壞事的）。

例 ① 為了防止有人鑽空子，申請房屋津貼需要提供足夠的
證明。

② 個別美容機構鑽政府監管不嚴的空子，違規操作，引發嚴重醫療事故。

作 zuō 473

折騰；無事生非；無理取鬧。

例 ① 感冒了不肯吃藥，還穿得這麼少，你就作吧。

② 小郝的女朋友太作了，他受不了，提出分手。

坐冷板凳 zuò lěngbǎndèng 474

比喻長期處於受冷落的境地或擔任不重要的職務。

例 ① 這位當紅明星最近醜聞纏身，估計要坐很長時間的冷板凳了。 粵雪藏

② 坐了這麼久的冷板凳，也沒有甚麼發展機會，還是另謀出路吧。

後記

多年來在從事對外漢語和普通話教學的過程中，我們發現學習者對口語詞的掌握有一定的困難，學生不能完全理解，也不能靈活運用。這種情況在普通話聆聽考試中最為明顯，聆聽理解題大部分的錯誤為學生對普通話口語詞的不解或誤解。

普通話口語詞十分豐富，具有通俗、生動、靈活等特性，在日常交際中被廣泛地使用，增強了語言的表現力，是現代漢語口語傳意中不可缺少的組成部分。鑒於此我們編寫了這本《普通話常用口語詞》，希望方便讀者隨手翻閱，通過它瞭解口語詞，掌握口語詞，並能熟練使用好口語詞。

《普通話常用口語詞》選詞超過 600 條（包括延伸詞語），以《現代漢語詞典》第 7 版內的常用口語詞為基礎，也包括一些常用的方言詞、熟語，以及網絡流行語等。收錄的詞（包括衍生詞）設有讀音、釋義、例句，部分詞還有對應的粵語。書中加插漫畫，方便讀者更好地理解詞義及用法。

《普通話常用口語詞》的編撰工作是由劉慧老師負責組織，由香港三所大學的六位老師合作完成的。這是老師們經過多次開會集體討論、審稿和修訂的成果，希望本書既可以幫助普通話學習者提高語言運用能力，又能為對外漢語口語教學提供詞彙方面的參考，還能對中小學普通話口語教學有所助益。

　　感謝田小琳教授為本書賜序，感謝香港三聯書店的專業編輯團隊為本書出版付出的努力。

編者

2022 年 5 月

策　　劃	鄭海檳
責任編輯	郭　楊　謝雨琪
校　　對	席若菲　栗鐵英
書籍設計	道　轍
書籍排版	何秋雲
插　　畫	羅丹丹
錄　　音	李春紅

書　　名	**普通話常用口語詞**
編　　者	劉　慧　李黃萍　張　翼
	李春紅　李賽璐　羅丹丹
出　　版	三聯書店（香港）有限公司
	香港北角英皇道 499 號北角工業大廈 20 樓
	Joint Publishing (H.K.) Co., Ltd.
	20/F., North Point Industrial Building,
	499 King's Road, North Point, Hong Kong
香港發行	香港聯合書刊物流有限公司
	香港新界荃灣德士古道 220-248 號 16 樓
印　　刷	美雅印刷製本有限公司
	香港九龍觀塘榮業街 6 號 4 樓 A 室
版　　次	2022 年 7 月香港第一版第一次印刷
規　　格	32 開（130 mm × 190 mm）192 面
國際書號	ISBN 978-962-04-5032-7